切肤之琴

The Strings of My Skin

赵雅楠

著

人民东方出版传媒
东方出版社

自序

2010年春天，我毕业后在悉尼的一家公司上班。每周四天，朝九晚六，大部分时间待在市中心乔治大街的石砌建筑物里，傍晚坐火车回家的时候，天已经暗了，街道两旁的灯光一盏盏亮起来，映出房屋窗棂上朴素的雕饰，万籁俱静。在澳洲待久了，会觉得这片大陆有种逼人沉静下来的力量。

周末，我固定去家附近的长老会教堂拉小提琴，乐队成员都是附近的居民和学生。教会的礼拜音乐大多平实短小，难度不大，也没有复杂的弓法，只用来伴奏；到了复活节和圣诞节，我们才会专门排练一些曲子。拉了大约一年后，教会改用电子乐队伴奏，我坐在下面当听众。

悉尼是一座以享乐著称的城市，而在它活力四射的表面下，某些朴素、单纯的古老信仰就这么栩栩如生地活着，让悉尼人有能力听清内心细小的声音。沾染上了他们热情和保守兼具的性格，练琴成为我孑然一人身处异国时抵抗孤独的解药。这点在我来北京后也没有改变。

我喜欢北京。它躁动包容、变幻莫测、充满勃勃生机，同时赋予了在它体内游弋的人一种敏锐的嗅觉，能够在人群中迅速发现同类。如果说悉尼执着于让人听见内心声音的话，北京则强行把我从"壳"里揪出来，直面复杂有趣的人和事。在这个过程里，我渐渐体会到小提琴在我身上发生的化学作用：它让一切坚硬的事物更易吸收，也让我在某些边缘处得以坚守。

从悉尼到北京的经历像某种催化剂，让人滋生出表达的欲望和能力，它扣动了写作的扳机。

这本书以"琴"为题。琴之所以"切肤"，是因为它渗透到了我人生的各个方面，不仅止于习琴体悟和聆乐感受。除了第一部分谈论音乐之外，接下来几章我写了悉尼生活、异国旅行和故乡漫游的经历，这可能是它与其他专门讨论音乐的书一个比较大的不同。在这本书里，我想要表达这样一个观点：人对世界认识的深刻程度，不在于抵达了哪里，而来自于感受力和同情心。在纽约迷宫一般的地铁里，在印度瓦拉纳西漫长的雨季，在台湾花莲东部的无人海域，当最初的新奇感和视觉冲击退潮后，陌生之域对我而言，最大的挑战在于如何学会独处，以及如何在纷繁的感受中辨识出内心的偏见；而同情心，不仅指一个人抵达另一个人的能力，还有抵达"无情之物"的能力，比如一幅画，一座桥，一首曲子。在这个意义上，坐在家里听一首音乐的短短五分钟和跨越大陆的漫长旅途相比，体验的深度和广度毫无差别。

我还穿插着写下了几位对我影响很大的作家和身边的人。一开始我被他们打动，来自于某种类似的经历和心理状态，在实用层面上，好的作家会为我们的人生提供一种反刍，他们是更深广的世界地图，读得越多，越能把整个人类联结起来。不只如此，我在他们那里看到了人性可以想象得到的一切美好，无数次被他们的坦诚和善意深深感动。当我消沉萎靡，困惑踟蹰，虚荣心作祟的时候，只要捧起他们的书读上一页，就能得到无穷的动力。而随着年龄的增长和重复阅读，我获得的更深的一点感触是：我们需要有和时代"脱节"的能力和勇气。如果你无时无刻不在警惕、害怕自己落伍，害怕自己不懂新一代的新语言，那么你将最终丧失自己独特的语言。这一点已经被太多作家证实，比如坚持用意第绪语写作的犹太作家艾萨克·辛格，忠于书写北爱尔兰独立运动的科尔姆·托宾，以及 20 世纪 80 年代在纽约给中国画家们讲唐宋文学和文艺复兴的木心。事实上，在各自迥异的语境里，他们无一不被时代的大潮裹挟着往前走，完全有能力引领某种当时最风行的"潮流"，但是他们主动选择游荡于精神的边境，因为离中心越远，离内心就越近。这是他们坚持与时代用自己的方式沟通的秘密，这是这些人告诉我的最重要的事。

我从五岁开始学琴，期间经历过多次中断，没有经过专业训练，父母也和当时绝大多数家长一样，抱着"陶冶情操，培养气质"的心态来看待这件事。在没有太多压力的状态下，我基本算是掌握了一门业余爱好，熟练而不求甚解，贪恋炫技带来的快感和满足感，直到一个偶然的契机，我重温之前考级的谱子，那些曾让我不屑的简单的巴赫练习曲和维瓦尔第奏鸣曲突然间褪去了社交情趣，裸露出沉思默想的气质和无限深情。我尝试破译他们在音乐这门最抽象的语言之中隐藏的东西，以自己的方式。

我相信，在看似孤立的音乐和文学之间有千丝万缕的联系，就像其他任何和人类有关的活动一样，这些点和面最终将连成一片，彼此照亮，相互启发，使我们不断地完整和充盈。

感谢一直支持我的父母，以及给予我源源不断信心和动力的策划人高姐，设计师吴一婷，也感谢在策划、编辑、校对方面付出了巨大心血的东方出版社的编辑们。能够遇见你们是我最大的幸运。

雅楠

2017/4/29

目　　录

第三乐章

即兴的江南
Impromptu South

第四乐章

故乡变奏曲
Hometown Variations

第五乐章

未完成协奏曲
Unfinished Concerto

第一乐章

切肤之琴

The Strings of My Skin

不得不承认，我和键盘乐器是一段认真而错误的关系，始终游移在貌合神离的白天和偶尔激情的黑夜之间。

琴人关系

蜂蜜色的皮肤终于衰老了。我打开琴盒，恍惚间觉得它像块琥珀，体内困着一个被刚刚滴落的树脂包裹住的昆虫，至今仍残留着剧烈挣扎过后的气息。金属质地的触角，锯齿状锋利的大腿，薄如空气的翅膀，变幻莫测的声音依然萦绕在八十年前被锯子劈开的森林里，它作为动物的生命就此终止，作为音乐的生命才戛然开始。

二十年前，有人笃定地认为我能很好地驾驭小提琴和电子琴，因为我的手指灵活细长。这种毫无理由的推测让父母满怀信心，结果不到一年就发现，为了每个孩子一周一百元的学琴费，大部分音乐老师都说了谎，只有极少数老师心中怀着真诚的热望：这些孩子能多多少少从中享受到一点乐趣。

长大后，我偷偷观察过以前一起学琴的孩子的神色，企图发现某些共同的东西，但是并没有发现什么。他们有着迥然不同的人生境遇，偶尔谈到音乐，只是一语带过，眉目闪烁，看不清是什么表情，我妄图断定琴人关系的阴谋失了策，只是隐隐有一些领悟：很多认真的关系，也许都是从谎言开始。

一片没有长大的树林靠直觉感受绿色。风拂过，它们发出乌鸦一样咿咿呀呀的叫声，如同风流中小小的旋涡，缓慢地形成旋律、节奏、音调，有时候也仅仅只是干燥的回声和树腔里的空虚。

一年一度，我们去省城的音乐学院考级。我的小提琴学得差，电子琴勉强合格，只能拿到后者的准考证。六月末，大人们背着巨大的琴袋，带着我们住在音乐学院附近的招待所里。一拨拨孩子在铺着吸音地毯的走廊里跑来跑去，嬉戏打闹，带着亢奋的表情喊叫，他们还没有完全释放自己的压力，就被家长叫回去完成最后的练习。隔壁房间住的于夏比我小一岁，胆小、迟钝，看人还是看谱都带着一种毫无内容的空洞。每次回琴，她都极力控制整个身体的颤抖，嘴巴因为紧张永远半张着，脸上带着刚跑完步才有的潮红。我邪恶地庆幸自己有她陪伴，我们是最危险，最不可预测，最不让老师放心的几个人。毫无章法的指法，僵直的坐姿，没有表现力的脸庞……似乎从很小开始，我就清楚身体的全部缺陷，那种轻微的侮辱感在年复一年的奔波里被隐藏。

我偷偷探着头，往隔壁房间半开的门里看。于夏头发梳得一丝不苟，坐在随身携带的矮凳子上练《哥斯达黎加人》，她开始急了，表情木讷中带着一种少见的气急败坏，眼泪似乎下一秒就会迸落。于叔叔叉着腰站在她身后，探着头抿着嘴，一言不发地听着她练习。事隔二十年，那一幕仍然清晰地印在我的脑海里。一个父亲对女儿的全身心倾注，一种为获得智力上的认可而表现出来的迫切感。为了追求和欲望，我们从小就得适应姿态上的难堪。这画面让我既感动又不舒服，我发现每一种亲子关系都有它浑然不觉的功利心。

抽签决定考试顺序。第一个进去和最后一个进去都让考生懊恼，打头阵的羊很难得到高分，落在队伍最后的又会耗尽老师的耐心。我和另外几个孩子都幸运地处在中间位置，坐在考场外槐树下面的石乒乓球台上等待着。夏日的蟋蟀声笼罩广场，我晃着腿，使劲拽裙子拉链处一根脱落的线头。于夏又开始从包里掏出谱子，嘴里念念有词，双手神经质地在大腿上弹跳。我努力转过头去，大声和别人说话，大脑里一片空白。我开始羡慕第一个进去的倒霉鬼，至少他现在已经解脱了。

终于叫到了我的名字。被带进去的那一瞬间，我镇静下来。那间琴房是 20 世纪 90 年代初期流行的顶挑得很高的大教室，朝东一面的巨大玻璃窗上挂着绿色绒布面的厚窗帘，闪烁着柠檬黄的光斑处灰尘飞扬。房间里空荡荡的，有种饮料刚拿出冰柜的凉爽。我看到那个全国著名的王姓老师坐在桌后，人小小的，她在我脑海中拥有的魔力消失了。我开始弹练习曲，舞曲，最后是即兴演奏。琴键反应迅速，前两个四拍过去之后，黑和白就开始在手中滴溜溜打转，一股莫名的自信和充盈感从身体里升起，乐感让我确信自己听见了悦耳的旋律，让我想起哥斯达黎加的热带雨林和小步舞曲里德意志的精神。啃噬内心的那颗牙齿已经消失了。多年以后，我看到一篇写海顿的文章，他在教堂里高喊："这不是我写出来的，这出自上帝之手！"是这种感觉。多少次了，这种突如其来的激情和爱仿佛是偷来的。

长达五年的时间，我顺利通过了那些似乎能确立我们之间关系的大大小小的考验，但是我缺乏真正理解它、爱它的天赋。不得不承认，我和键盘音乐是一段认真而错误的关系，始终游移在貌合神离的白天和偶尔激情的黑夜之间。可这种关系当然不是一无是处。音乐本身脱离形式，对着我的直觉说话，它穿过我，像是穿过一道透明的墙，为我的快乐制造了一种空旷感。

初中毕业的夏天，我在家百无聊赖，把小提琴盒拿出来。专注学电子琴的十年里，我一直断断续续地学小提琴，没有了最初考级和练习的压力，它被粗暴地扔在家具柜最上面。机器制的粗糙琴身，毛鳞片已经脱落殆尽的琴弓，一拉就断了的 E 弦，姐姐用旧了拿给我，我从一开始就知道它的廉价。我试着拉空弦，声音沙哑粗重，像个不会说话的老实人。

一把机器制的四分之三型号的成人小提琴，最便宜的不到四百元，最昂贵的要几十万，被提琴大师用过的名琴，像斯特拉迪瓦里小提琴几乎是价值连城。新街口和琉璃厂沿街的乐器店里，机器制的小提琴被挂了满墙，那画面一想起来总让我有种无端的紧张感，仿佛它们都在静静盯着你，不发一词。好的琴都很轻，让人很难想象这么小的胸腔里能蕴含各种各样的情绪，发出巨大洪亮的声音。

从一块木头到一件乐器，小提琴的制作经历选材、自然风干、部件制作、黏合、上色、调音等等多个步骤。我对那道上色的工艺深深着迷。意大利琴偏爱红色，用龙血给提琴上色，名如其色，这种从龙血树的果实汁液里提取的树脂融化在酒精中，是一种血一般鲜艳的红，但是非常容易褪色。从血红，到褐红，再到橙红，逐渐显出衰败之相。我曾经看过一位小提琴家用的意大利克雷莫纳小提琴，这把琴已经活了两百多年，它的红已经褪到在灯光下呈现斑驳的透明色，但是声音依然悠扬细腻，不含杂质。法国小提琴没有那种凝重感，是一种轻松烂漫的淡黄色，让人想到民国画家常玉旅居法国时画的裸女，有一头浅得不能再浅的头发丝。德国小提琴大多是棕色，有的几乎是棕黑，光是放在琴盒里就有一种肃穆感和沉静的气息，如同德国音乐家给人的感觉，他们是音乐世界里的知识分子。对大部分德国人来说，音乐的迷人之处也许不在于它的感性，而是音乐体系的逻辑性、数学性和思辨性让它作为一门艺术臻于完美。我惊讶于德国人谈论音乐的方式。在作家托马斯·曼讲述一个音乐家一生的《浮士德博士》里，音程、和弦、复调、声部……他沉迷在大段大段对音乐术语隐秘关系的解码之中，我暗暗觉得，音乐对于德国人来说是一种纯粹的思想乐趣，那种感官的、付诸于身体的音乐性被刻意隐去了。

音乐是不是禁欲的？和弦多像两个人完整嵌入对方，琶音多像缓慢有序的追逐，降调是一个女孩最终成为一个女人，升调是堂而皇之的虚荣，连弓是长久缓慢的耐心……每一首曲子是一种独立的行为，看似直白不加掩饰，却执着于更深刻的自我解剖。托马斯·曼说，古代荷兰人曾经挖空心思，想出各种最不性感和纯粹的算计指法，想剥夺音乐的性感，他们是音乐上的苦行僧，但是这种方式失败了。在某一个时间点，他们终于意识到，只要是人创造出来的东西，就有人的特质，人的性格，可以被淡化，却绝不可能被抹杀。了解音乐根本不需要音乐家传记，听他写的曲子，就能完全画出他的轮廓和样子。海顿就像奏鸣曲，主题明确，偶尔把自己隐藏在短暂的过渡和高潮之前，鲜明如连续重音的性格却一响起就让人记在心里；维瓦尔第像是协奏曲，有繁复深刻的音乐背景和乐器伴奏，响起时是一种音乐的印象，而不是音乐的记忆；贝多芬在深刻的哲思之外带着一点即兴曲的性格，在他的曲子里，你永远无法预测下一秒会听到什么，那种表现力简直可怕。

偶然的机会，我用手机录下我拉小提琴练习曲的片段。听自己演奏就像听到自己说话一样，窘迫震惊交加。音量忽大忽小，手指碰弦后粗重的摩擦，换弦时琴弓因抖动造成的突兀尖锐的噪音，一切尽在掌握又频频失控，以及某些还算顺畅的时刻，不自觉流露出的满足和虚荣……这不就是一个活生生的我吗？时常处在情绪波动中，面对人群时的紧张、恐慌和莫名其妙的害羞，为了掩饰而刻意保持的从容，以及非常容易在某些小细节上获得满足。没有谁能真正隐藏自己，因为这比拉错一个音或看错一个节奏要更显笨拙。

工作进入第五个年头，晚上九点回家，我习惯于先把琴拿出来练半个钟头。慢慢地，我产生一种窃喜：我终于偷到了一个自己。童年时被剥夺的感受变成如今难以形容的琴人关系——一种把自己私有化的能力，一个关于自我归属权的宣誓。在时间之外，我终于可以把碎片里的我攒起来，并暗暗怀着希望，这些微不足道的时刻，这些无人知晓的时刻，能够对准生活中的不安、波折和动荡反戈一击，它们比狮子的鬃毛更柔韧，比湖面更宽广，比瞳孔更深，比风声更清晰。

切肤之琴

坐地铁坐久了，偶尔乘公交车，会觉得自己是蛰伏了很久的洞穴动物。沿路的紫藤拖拖洒洒攀沿一路，公交站换了一波又一波的明星灯牌，不变的是五环边上开得危险的玫瑰，几百朵对着路口垂坠着，黄里掺着粉，花瓣最外沿一圈有面包的焦黄色，已经快过了花期。坐在我旁边的一个女孩读了一路的谱子，这时也抬头看着窗外，呆了。

我从没见过别人在车上读乐谱，这是第一次。她一上车就坐在我旁边，把书翻到第 25 页，头也不抬地看了五站路。我忍不住好奇心，偏头看了眼谱子，熟悉的沃尔法特，大量的琶音和基础音阶，从第四根弦到第一根弦无休止的弓法训练……老师说过的话似乎历历在耳：铃木镇一一遍就过的，可以去练沃尔法特了，沃尔法特每首曲子练一百遍，才能去练开塞。

恍惚间，是十几年前的冬天。我裹着棉衣棉裤，站在四处漏风的公交站牌下。小提琴协奏曲的声音从对面乐器店里悠悠地传过来，声音质地清脆、硬朗，带着一种置身事外的热情，紧接着，连续三个三连音，节奏越来越急迫，最紧要关头，旋律骤然舒缓下来。我出神地听着，呆望斜对面已经上冻的大塘公园。公园外头，一堆老头缩着脖子跺着腿在寒风中下棋，卖桂花糕的老婆婆戴着枣红色线帽，推着炉子往第二中学门口走。

和小提琴有关的一切我似乎都记得格外清楚，精确到每一个细节，每一帧画面，一遍又一遍复现。第一堂小提琴课是出人意料、从头到尾的沉默，一帮半大的孩子，抱着八分之一型号的儿童小提琴兴冲冲来见老师，结果被叫到墙壁处，排成一排，左肩和下巴托着琴，贴墙站着，头、颈必须和墙保持水平，不许动。

五分钟，十分钟，十五分钟。有人开始喘粗气，身体左右磨蹭，有人开始跺脚。神奇地，没有一把琴掉下来。人生的第一次小提琴课，不是在学琴，而是迅速学会懂事——在众人面前绝对不能哭。

在此之前我已经学了三年电子琴，几乎消耗掉了所有的自尊心，却仍然没有学会如何保持平静。回琴回得最差的一次，十根手指被我爸用筷子敲肿，用热水敷也久久消不下去。我对琴谈不上恨，只是有一种小孩都有的心理：它剥夺了我本该拥有的童年时光，像坐牢一样，被迫待在房间里一遍又一遍练拜厄、车尔尼、巴赫和柴可夫斯基。

去年夏天，有一天晚上我下班回家，到了家门口翻包，发现钥匙忘带了，物业下了班，修锁的人也暂时联系不上，眼看已经快十点了，我急得在门口来回走，嘴里竟然无意识地嘟囔着 So Do Re Mi Fa So Do Do, La Fa So La Si Do DoDo, Fa So Fa Mi Re Mi……

猛然惊醒。这么多年来，每次紧张或开心的时刻，脑子里总是冒出巴赫《小步舞曲》这一段旋律，几乎成了一种膝跳反射式的生理反应，不知不觉地，它已经成为我身体里密不可分的一部分。后来我在网上搜到巴赫在莱比锡担任乐队指挥时的一份总谱，终于明白为什么是巴赫，为什么不是车尔尼，不是拜厄，不是天才莫扎特。因为在那些千万遍练琴的时刻，唯有巴赫的音乐里有着无须调动精神力量就有的感动，一种不需要消化就能够渗入身体的营养，他的音乐直指灵魂，直接对肉体发挥作用。所以但凡我摸到琴，随便弹的旋律永远是巴赫，每次嘴里念叨的旋律也永远是巴赫。

有了电子琴的基础，我天真地以为接受小提琴不会那么困难，不过我想错了。不是我去接受它，而是它是否愿意接受我。第一次试琴，没有任何预兆，琴弓刚放上去，"嘣"一声，E 弦就断了，像头发丝一样在琴耳那里盘成一团，拴在根部的绿尼龙绳拖出去老长一截。我心里窝了一团火，把它从腿上扔进琴盒，扭头做其他事。琴音已散，空气里弥漫白色的松香尘。过了不到十分钟，我忍不住又把它拎起来，小心翼翼把琴弦穿进耳孔，又断了，再穿，反复五六次，它终于接受了。

小提琴长着一张内向的脸，不想和人交流，四根琴弦防备地紧绷着，指板前的空洞深不可测。有一次，我试着把手指伸进去，那是木头的心，坚硬又干燥，散发着一股幽幽的凉意。后来不练琴的时候，我无数次地坐在窗边打量它，每次都像是第一次相遇。

它和钢琴是完全迥异的两种生物。拥有 88 个琴键的钢琴是一间琳琅满目的商店，每个琴键都在爬高下低，努力苦苦地翻找着自己的东西，像是沙滩上的海鸥；而小提琴只有四个口袋，四只眼睛，四片湖泊，空空如也，却包含一切。

在随后的漫长时光里，我和这把琴艰难地沟通，通过它，我开始重新认识我自己：原来一个人，一样事物，如果不从一开始就让我疼痛、让我屈辱，我就很难与之产生真正亲密无间的关系——我相信爱和被爱之中深藏某种攻击性，那不是力与力的较量，是肉体与灵魂双向的博弈。爱必然是痛不欲生的。这种状似相互摧残下催生的产物让我获得了无与伦比的快感。

快上高中时，音阶教程告一段落，换了一对一的老师，每周六我独自一人去上课，老师住在泗水桥一栋家属楼的四楼。楼房是很早之前盖的，破旧却不阴冷，傍晚落日斜照在红砖外壁上，有种老动物褪了皮的温顺。老师总一个人在家，我不清楚她有没有爱人和孩子，直觉肯定是有的。她的皮肤异样的白，爱穿青色的衬衫和黑裤子，头发总低低地扎在后头，露出光洁的额头，整个人的感觉是有些距离的，有些远的。我总拿不准怎么形容她的长相，总觉得用什么形容词都是错的。

她很少像电子琴老师那样去纠正手腕和指法。印象里，她几乎没有碰过我的手，只是隔着一段距离比手势。更多的时候，她不发一言，端着一杯水坐在凳子上，听我毫无把握地拉琴。正是因为她很少评价什么，所以从一开始，我就对我的水平如何毫无概念。当我听到我有很多音不准，按错了，就赶紧把手指移一点，余光看到她微微点头。

拉琴超过两个小时的时候，手指开始刺痛，过了三个小时，指尖就逐渐失去了知觉，变成一种麻麻的钝痛，用力按下去，两秒钟才会慢慢反应过来。那时候用手指按琴弦，像是肉体坐在另一张沙发上，像是看见自己脱离躯壳，还原最本真的面目。每当手指开始麻木的时候，通常是我拉得最好的时候。

一年以后，有一次去上课，老师拿了一份谱子出来，示意我演奏。我上了松香开始拉，奇迹般一个音都没有错地拉完了整首。她笑了一下，说："不错，能拉维瓦尔第的 G 大调了。你看，大调的曲子一般都很欢乐，有平和幸福的感觉；小调一般都比较忧伤。你要开始自己找感觉，不要太在乎音符，要感受作曲家写这个曲子时的心情，仔细体会他的感受。"

可是要如何体会另一个人的感受，如何在自己身上复现另一个人或欢乐，或悲伤，或哀愁的感情？当我们真正悲伤时，几百年前的那个人是否同样藏在琴弦里，用他们独特的方式安慰我们？真正让我着迷的是：音乐，作为一种陶冶人的艺术，一种诉诸听觉的表演形式，究竟有没有暗含不可告人的力量，在一个五六岁的孩子刚刚接触它的时候，接触的或许根本不是一件乐器，而是音乐中汹涌、深沉的感情？在你弹奏两百年前的一个灵魂的时候，它是不是已经无声无息地控制了你，影响了你，深刻改变了你，而所有人包括你的父母、老师都未曾发觉？

学小提琴的孩子不太会说出自己的感受。那种像是牛奶桶上荡漾的奶油一样纯度极高的东西，在日复一日，经年累月的练习、练习、练习中慢慢堆积，变成一种半凝固的脂状物，包裹住每一个人。音乐企图在我们身上建造一座堡垒。后来渐渐长大，仍然愚钝，仍然不成熟，才发现这座堡垒保护的是我自己。它让我和现实之间永远存在一种钝感，当疼痛来得非常剧烈的时候，它会悄无声息地冒出来，用温柔的方式保护我。

我格外喜欢海顿和舒伯特。海顿一生写了一百多部交响曲，我最喜欢的是第 88 交响曲，虽然第四乐章无疑更有名，但我偏爱第二乐章的慢板，每一次听都觉得双簧管和大提琴让整个心灵都被打开了；肖邦的钢琴曲阴冷、孤傲，小提琴曲却极其优美，里面有说不出的情愫；舒伯特的《A 大调鳟鱼五重奏》是室内乐的神品，每次听到，都会想到 1998 年的时候淮河发大水，我们这些河边长大的孩子下河捞鱼，脚背被鱼尾扫过的悸动；而柴可夫斯基的小提琴则充满了民族性，有一种或天真或理想的东西在里头，让你相信这个民族是会坚定地为自己所相信的东西流血的。

在我心里，海顿更接近爱情，肖邦是近乎偏执的个人主义，舒伯特整个的音乐性格是哀愁，柴可夫斯基一定会为自己坚持的东西而死，而他也确实这么做了。音乐根本不只是音乐，某种意义上，它是一切。

我对小提琴，像是一场毫无希望和可能的暗恋，看不到尽头在哪里，但我不再假装自己不需要它，不再假装自己拥有独特的天赋。抛弃了技巧、装饰音和矫饰的姿态后，我希望抵达的只是一种庄重、朴实、纯粹的风格，如同巴赫的圣咏，一听到就想到一些更重要的东西，比如敞开自己，比如面对生命里最率真、最笨拙甚至是最羞耻的层面，比如在众声喧哗时闭上双眼，聆听内心的琴声。

独奏者

从海淀紫竹桥的小乐团排练室，到我住的北边，坐汽车要一个小时二十分钟。一路上，碎金盈头的银杏树叶，遒劲多姿的柳树，牵牵挂挂的紫藤，风景悄悄过渡，心情也交替轮转。有一次回家，汽车被堵在北京邮电大学附近的立交桥上，司机把灯熄了，暖气在车窗上留下朦胧的光影，整个车厢如同一座安静的孤岛浮在海上，我突然想起方睿曾经说过："堵车的时候，你可以听完三部贝多芬奏鸣曲，《悲怆》《月光》《热情》，这样你每天都能有一个私人音乐会，反正北京的堵最让人无可奈何，你也正好没事做。"其实方睿不明白，对我们来说，彻底的放空也许是最大享受，并不是每个人都有他那种定力，可以在漫长焦灼的等待中保持专注。

大概有一年多的时间，我和方睿之间没有过任何交谈。和这个业余乐团里的其他人一样，我们彼此间的交集仅仅是每周日下午的两个小时。乐团组织者是海淀区基督教堂的刘牧师，他早年学音乐，对演奏有着纯粹持久的爱，租用场地、召集乐手演出完全凭一腔热情。然而，我们大多数人的水平处在中等偏下，有专业音乐背景的不超过十个人，音乐水平的良莠不齐让这两个小时变得松散、凌乱、漫无目的，排练多在巴赫《小步舞曲》、克莱斯勒《爱的忧伤》这类简单乐曲上徘徊。我偶尔去，多数时间缺席，但大多数人都断断续续地坚持了下来。

我们一直在拉低方睿的水平。有一次，刘牧师趁他不在对我们说："方睿初中就去德国学钢琴专业，回国后在北京一个乐团里做乐手。"敏感的人听出牧师的话里没有带"首席"两个字，追问了一句，知道他只是普通乐手，表情立刻阑珊起来。我们这个社会，阶层到哪里都是分明，头衔如同一张通行证。首席、总监、主编、主管，连学音乐也是如此，没人会注意舞台上坐在第二排的乐手。我庆幸当时他不在。

2013 年的新年音乐会，乐团里发了票，我和方睿的位置挨在一起，他早早地到了，戴着耳机坐在座位上，脸上没什么表情，我经过他时打招呼，他默默地点头，一声不吭。上半场是柴可夫斯基专场，乐团演奏的是《降 b 小调第一钢琴协奏曲》，这首协奏曲是我最喜欢的钢琴协奏曲，第一乐章一开头，钢琴弹奏出洪亮的和弦，小提琴和大提琴用温暖的抒情旋律带出主题，每一次听都让我莫名感动，几乎要落下泪来。它给我强烈的音乐记忆，让我想起托尔斯泰的《战争与和平》和《安娜·卡列尼娜》，描绘出宏大的叙事画面，有种其他交响乐没有的朴素和真诚。中场休息的时候，方睿和我聊起来，淡淡说了一句："俄罗斯音乐在情感上缺乏克制，有时候掩盖了音乐本身的深度。"他说，"好的音乐，更多时候是让你思考的。"

他没有要激怒我的意思，但从一开始，我就看出他想要"纠正"我的努力。我想维护偶像心切，几乎用上了自己所有的音乐知识储备，不依不饶地和他辩论，说斯特拉文斯基的《火鸟》，说肖斯塔科维奇的《C大调交响曲》。不深刻？缺乏克制？直到现在我依然笃定，如果不了解俄罗斯民族的历史和文学，就没资格对它音乐的深刻性下轻率的定论。我忘了我们当时争执的具体内容，只记得他说起舒曼，说起勃拉姆斯，没有要全盘否定我的意思，只是建议我回家听一听同时期的德国古典音乐。

想起来有点可笑，我和方睿之间的头几次交谈像是两个好脾气的人的争吵。旁边的人听了也许会纳闷，这两个人你一句我一句地抬杠，为什么还没有打起来。我忘了他在音乐专业方面比我资深得多，想让他懂得俄罗斯艺术广阔性的迫切超过了单纯希望说服他的念头；他沉默的倾听多于说话，不正面回应我，偏偏爱从历史上找出同质性的音乐家和作品，有种老师在给学生上课的耐心，还会经常提醒我不要偏题，把文学讨论加进来没有意义，而在我看来，就多少有些高高在上了。我不忿，回家之后搜罗资料，下次去继续找他"抬杠"。久而久之，我发现方睿的性格像是一块软橡胶垫，吸水、韧性大、没有棱角、不伤人，也很难被人击垮。他的价值观经历了十几年的吸收、打磨和萃取，有着非常稳定的物理性。有一次我说不过他，恼怒之余说了一句气话想激怒他，他反而笑出来，无奈地摇头。

方睿四岁开始学钢琴，十一岁考上音乐学院附中。第一次参加学校的音乐会演出，他和一个女孩表演钢琴小提琴二重奏。开头前四小节由小提琴行板带出，钢琴缓慢加入，整首曲子不过三四分钟的样子，他魂不附体，濒临虚脱，几乎是依照直觉和本能弹完了整首曲子，连妈妈在台下都没有发现异样。那是他第一次登台。他发现自己不会因为观众而紧张，对于人群的关注向来没有过多反应，真正让他为之战栗的是一种强烈的预感——在舞台上，黑暗中，音乐和自我融为一体，这将成为他命定的人生。

人在面临可以预见的幸福和痛苦时都会有那么一瞬的抗拒感吗？人生中的第一次？可如果直觉是错误的呢？他考上德国的音乐学院，一切仿佛顺理成章。前三年，他上课练琴，下课练琴，整个人毫不放松。音乐专业领域竞争激烈，经常参加各种大大小小的钢琴比赛，压力让他无处倾诉。他开始大量阅读德文、英文书籍，阅读范围庞杂又丰富，不择选取，只为了排遣内心的孤独。方睿是个敏感的人，他最大的优点是内省，最大的缺点是过于内省，无意之间失去了创造力。通过独处和思考，他渐渐明白自己：他缺少附着于个人身上的天赋。他的演奏从技巧方面来说几近完美，但是个人演奏风格不够，感情表现上也非常浅淡，让人觉得他是把音乐吸进体内，而不是挥发出去，整个人是收着的。

毕业之后，他回国，考了几次乐团，考上了其中的一个，演奏、排练、演奏、排练，他终于把音乐放到和日常生活等同的位置，它是他赖以生存的药和食物，而不再作为爱人和仇人的形象交替出现。

我对音乐向来一知半解，有了解的热情，缺乏理解的智力。而方睿过于思辨性的琴声，总让我觉得带了太多分析和理性色彩，少了直觉和感情在里头。他来这个业余乐团，实际上也是在找互补，我们所有人都是他缺乏的另一面。和方睿交谈的越多，愈发觉他的优秀在于心地宽厚。现代人聪明的太多，宽厚的太少，聊天时有一种智力上的恐慌感，像在一个空鸡蛋壳外头缠线团，比谁缠得又细又密，然而一捏就碎。和方睿聊天格外放松，能够平心静气往内心探索，有时候简直奇怪，为什么这么形而上、枯燥的东西，会聊得这么津津有味？后来我恍悟：有些人从一出现，就注定不存在于我们的情感纠葛和事业关系之中，独立、清朗，因为彼此缺少欲望，所以话题本身成为果核之心。就像孩童时期，三四岁的我们把水蜜桃吃完，核都能爱不释手地玩上几个钟头，那份单纯的玩心，让我们对外部的世界置若罔闻。

有一次他突然问我："为什么和一个女孩聊天总有无法互相理解的焦灼？"我开玩笑地说："你不用跟她说话，在她面前演奏巴赫就行了，音乐的语言是没有国界的。"他笑，欲言又止。我隐约知道他的一些事，但从不主动问他，因为我们都是这样，在不在乎的人面前滔滔不绝，只在一个人面前语无伦次，结结巴巴，仿佛说什么都是错的。我没办法拿我的那一套去启发他，因为我和他是同类人，缺乏把话说出口的勇气，即使音乐赋予的感性也很难让我们抵达。在情感问题上，理解层次的错落永远存在，想要潜入海底的努力，想要睁开眼睛的挣扎都显得很无力，有时候必须换口气，才能看清海底的洋流形态。

方睿是这座大都市里的一片山林，能让人得到短暂的安宁，却留不住人。每个人都把他当作舔舐伤口的驿站，而不是终身停靠的归宿。可能就是因为他太静止了，让欲望高涨的人直面自己的不堪，可那不堪里有太多诱惑，人丢不掉。

工作越来越忙，后来，我几乎两个月才去乐团一次。有次出国出差，在美国亚特兰大的街头等车时，突然想起我和方睿已经三个多月没联系。我们之间不打电话，不发短信，甚至没有彼此的微信，每次见面没有寒暄的过程，我抱着有关音乐的无穷好奇，他抱着解答的耐心。可在异国街头的那一刻，我生出一种恐惧感。我想，我和他这种完全脱离了社会性的交流，缺乏现代人建立联系的根基，实际上非常脆弱，但是反过来看身边天天见面的人，当抽掉彼此的社会联结，几乎什么都不剩了。我渐渐安下心来。朋友间的友情，我不舍得滥用。可也许正是因为我们和很多人之间不联系的默契，让彼此失去了更熟悉的可能性，然而事情过去，也就没什么话好说。

认识，接触，理解，道别……人和人彼此熟悉的道路上，告别总是主旋律，除非把耳朵捂起来，我就得适应这种挥之不去的环绕声。有些人走，我不留恋，如果方睿自此消失，我也不会挽回，但是如果这个世界上没有方睿这样的人存在，我会非常非常难过。借由他，我发现内心的充实竟然可以显出这个时代的匮乏，而一个人可以单纯至此，像一个独奏者，将自己保存得那么完好，坦然地不接受这个社会通行的人际关系法则，让我内心那点小小的"叛逆"得以安放，有勇气和别人不那么一样，就像那晚身处寂静黑暗的车厢，如同一座孤岛在海上载浮载沉，我得闭上眼，张开内心的耳朵，才能听到熟悉的音乐。

奏鸣曲之前，诗之后

1955 年 5 月，俄国列宁格勒郊外一片肮脏的工业区中，一个叫布罗茨基的俄国男孩第一次听见了美国爵士乐歌手艾拉·菲茨杰拉德的声音，他为之目眩神迷，心里却禁不住在想，那些美国佬要生产多少张唱片，才能让其中一张出现在这儿——这片堆满了砖石、混凝土、破衣烂衫的穷乡僻壤之间。

十七年后，他被剥夺苏联国籍，驱逐出境；又过了十五年，他以美国诗人的身份获得诺贝尔文学奖，在此期间，他一直坚持用俄语写诗。

后来，布罗茨基回忆自己的童年时说，透过收音机孔洞里传出来的爵士乐和古典音乐，他真切地看到了西方。等到他 32 岁，真正到了维也纳那晚，他觉得自己很熟悉这个地方，在音乐里，他认出了自己的某些东西。

布罗茨基用了十七年发现音乐在他身上引起的共鸣，而作为一个人生经历没有一点相同之处的人，我在 2011 年悉尼歌剧院的新年音乐会现场，被俄国音乐家斯特拉文斯基的《火鸟组曲》击中，此时距离我幼年学琴同样经过了十七年。

当年我五岁，全家住在十平方米左右，没有厨房和厕所的水泥平房里。挨着床的白粉墙上满是因南方潮湿多雨而生出的青黑色霉斑，床边的木头长桌上摞着几大摞医学书，搬开时会黏黏地起胶。床对面的橱柜上，一个 14 寸的小电视用天蓝色毛巾盖着，旁边放着我穿开裆裤骑木马的照片。一到晚上，空气里就弥漫着妈妈发丝的香味和木头发潮的清苦。我没有父母当下的烦恼：地方太小，买了钢琴要放在哪儿？他们对此一筹莫展，似乎找不到任何解决方法。一周之后，我有了人生第一架雅马哈电子琴，用的时候放在床上，用完就装在琴袋里，放在立柜上。

很难形容这架琴带给我的激动、兴奋、陌生和恐惧混杂的心情。这台琴面上有三四十个长方形按钮，红色的是开关，蓝色的是音量，右手边第一排，101 代表长笛，102 是法国号，103 则是小提琴。我在这架琴上学会了莫扎特的《土耳其进行曲》，罗西尼的《威廉·退尔》序曲，柴可夫斯基的《天鹅湖》，以及巴赫《F 大调小前奏曲》和贝多芬的《F 大调小奏鸣曲》第一乐章，直到有一天，我开始抗拒和音乐有关的一切。

我是我们音乐班上弹琴弹得最差的学生。教琴课的朱老师三十多岁，个头不高，头发烫着大波浪，前面的刘海高耸着，后面一丝不苟地扎起来，嘴唇薄且红润，眼神锐利。记忆里，我总是最后被她点到名，浑浑噩噩地走过一帮窃笑的小朋友，坐定，在明亮的白炽灯下发着抖开始弹。我的指法一塌糊涂，而且勾腰驼背，仪态极差，内心也备受折磨，脑中只有怨恨：世界上为什么要有琴这个东西？那些规定了指法、节奏、无休止的音阶练习书，到底是谁写出来的？他们是为了专门折磨小孩而生的吗？

有一次，朱老师特地找了另一个音乐班上弹得最好的女孩来示范。当时她已经得了两次省电子琴大赛一等奖，年纪比我们都小一岁。我们怀着朝圣的心情，看着她坐上垫了垫子的高椅子上，第一个八分音符响起来，她整个人像是提线木偶一般活了，嘴角的每一次翘起，手腕的每一次扭动，头发的每一次甩动，都和旋律丝丝相扣，到最后，她从椅子上跳下来，背部拱起，头低垂，闭着眼完成了结束式一段复杂的琶音。

我默默看着她，心里面感受到的不是嫉妒，不是羡慕，而是一种异样的感情，一种对于"敢于在众人面前表露感情"的牵涉自身的羞耻感。我本能地感觉自己哪个地方出了错，却不愿意去面对，或者，我不知道应该如何面对。几年后的六一儿童节，班主任知道我自幼学琴，让我表演独奏《斗牛士舞曲》。那天表演现场，阳光刺眼，小操场里密密麻麻坐满了学生。我开始演奏，一上来就是一串顿音模拟斗牛的脚步声，这段旋律模仿斗牛士随着牛背拱起而牢牢拉住缰绳的情景，我做出了不断耸肩的动作，然而台下一片哄笑。我坚持到最后一个音符结束，刚下台就哭了。

后来我才渐渐明白，对于一个演奏者来说，最重要的或许恰恰不是技巧，而是如何能够自如地在众人面前表露感情而不觉得羞耻。我们父母经历的时代是一个排斥个人感情的年代，那种教养下成长的他们耻于说"爱"，以至于我们同样耻于表达情感，哪怕这种情感是拐了一道弯、面对一架琴发生的。在接近一千名小学生的众目睽睽之下表演独奏，成了一种极其尴尬的体验。

两年后我顺带着学小提琴，上小课，而学电子琴的大课地点也从幼儿园教室搬到了财经大学的自习教室。那是一段还算愉快的回忆，我依然弹得不那么好，但是已经能勉强跟上基本水平。家里搬进了楼房，虽然依然很小，但我的房间里能摆下一台钢琴和一个书柜了。窗外是静静流淌的淮河，练琴的时候，总有轮船、挖沙船和渡船鸣笛相伴。

初一暑假，我第一次听柴可夫斯基的《悲怆交响曲》，心里有什么东西被拨动了。像是华彩乐章里一个转音，大提琴协奏曲里的一次换把——在学了整整七年琴之后，音乐终于在我这个愚钝的人身上产生了一点悄然的影响。很难形容听《悲怆交响曲》时的感受，只觉得自己被瞬间包围，身体的每一个细胞都突然不自觉地张开，浸透了音符。我喝它，闻它，读它，然后淹没在里头，想吐又想哭。旋律里那些深藏的东西，那些包裹在痛苦和激情里的力量不怕流露出来，而我曾经对这些音符无动于衷。

后来我想，童年学琴的那些年，可能正是因为"只缘身在此山中"，所以"不识庐山真面目"。学习音乐和欣赏音乐，在我身上是没有发生关系的前后两个过程。前七年，我被音乐折磨，苦于每周一次的回琴，在复杂的琶音、装饰音、连奏之间挣扎，老师告诉我，《土耳其进行曲》要"欢快"地进入，《匈牙利舞曲》要"活泼热烈"地开始，而《天鹅湖》应该"柔美宁静"，手形像天鹅迎着月光张开翅膀，而我只有苦闷畏惧。我关注的只有音符的对错和节奏的正确与否，我的耳朵里只有音符，没有音乐，我自始至终就遗漏掉了最重要的东西：感情。等我意识到的时候，上一个阶段已经基本完成，我的琴童生涯也暂时告一段落。而彼时彼刻的告一段落，意味着对音乐的了解才刚刚开始。

2011 年，我在悉尼上班，朋友给了我一张新年音乐会的票，位置很好，是楼上第一排靠右边的位置。乐器的声音都是往上走的，坐在楼上听得最清楚。我下了班就从乔治大街一路走到了悉尼歌剧院，那天去得有些早，我在达令港喝了点东西，在歌剧院外待了会儿，透过建筑物贝壳式光洁而优美的弧形曲线向里面看，棕色玻璃门紧闭着，什么也看不到。那天一切都没什么异样，我当然不会想到，一个小时之后，我会听到让我终生难忘的斯特拉文斯基的《火鸟组曲》，以及勃拉姆斯的《A大调圆舞曲》，更不会想到从那以后，我开始真正爱上了古典音乐。

音乐会演奏一开始，带弱音器的低音大提琴旋律极其阴暗，铜管乐器和木管乐器的音符漂浮其上，而法国号像是恶魔的脚步，正一步一步走进黑暗森林，画面感极其强烈。接下来的四十分钟如梦似幻：提琴模拟出复杂变幻的人性，法国号如同从地狱里传出来的号角，竖琴推波助澜，像狡黠的精灵带你进入魔幻世界。此时此刻，音乐像是童话故事一般纤毫毕现地进行着叙事。

我的脑袋被音乐冲开了一道阀门，不自觉想起了波德莱尔的诗集《恶之花》，"在深渊最黑暗的一角，我清楚地看到怪异的世界，而作为我自己的洞察力那心醉神迷的受害者，我一路拖着那咬着我的鞋子的毒蛇"；想到了陀思妥耶夫斯基《群魔》里的斯塔夫罗金；想到了爱伦·坡《乌鸦》里的诗句，"我打开门扇，但唯有黑夜，别无他般"，"乌鸦说，永不复焉，永不复焉"。

到家时已经过了凌晨一点，我毫无睡意，在网上把能够搜到的《火鸟组曲》以及斯特拉文斯基的音乐全部听了一遍，仍然觉得目眩神迷。那个夜晚，也许是我一生中最值得默默记住的一夜。听现场音乐会的感受不能用任何词语去形容，它完全处在你的体验范围之外，用你意想不到的方式重塑了想象力。它是集视觉、听觉、嗅觉于一体的感官刺激。于我而言，古典乐最神奇的地方在于，听马勒的《第八号交响曲》让我想到费尔南多·佩索阿深邃庞杂的诗歌，读里尔克精深幽微的诗歌又让我更喜欢李斯特的《b小调奏鸣曲》，而莫扎特的交响乐则完全就是沈从文散文的听觉版，满耳的七情六欲，既活泼又天真得要命，让人觉得真正有感情的东西才是"思无邪"。

被音乐打动的时刻不足为奇，每个人人生中的某个时刻，都会或多或少被某些声响、画面或语言打动。可这也许说明，古典音乐和诗歌不是什么高高在上、一般人无法触及的东西，它对人的影响在酝酿多年后才会潜移默化地发生。而当下，只要它能够打动你就已经足够了。

台湾古典音乐评论家焦元溥在他的电台节目里说过一句话，我觉得说到了心底最熨帖处，喜爱到不惜全段引用，分享给所有人："喜爱音乐，本身就是最大的收获。能够培养一份终身受用的喜好，和自己心爱的艺术一同成长，无论阴晴顺逆都有陪伴，绝对是人生旅途中最好的礼物，也是最个人化、最亲密的快乐。毕竟这世间的荒唐，每每超乎你我的想象。但请相信，正是在那些连舒伯特都无言以对的时刻，我们会比任何时候都更需要舒伯特。"

　　我相信古典乐永不会过时，也相信沉默自有其力量，在这个暂时还没有出现莫扎特、舒曼、斯特拉文斯基、柴可夫斯基、阿赫玛托娃和布罗茨基的时代，幸好，我们还有他们的音乐和诗。

你的身体是个仙境

　　他轻轻握住她的颈部，闭着眼睛，头微微后仰，手指稳定又灵活地镶嵌在闪烁着树液的细长弓身上，她开始发声时，所有人似乎都受到了后坐力的冲击，眼睛变成了一只只耳朵。黑暗之中，他的手指顺着第三根弦重重地抹下去，像是把蜂蜜抹在蛋糕上，让她的声音稠密又温柔，简直像是在呜咽。这一次，手指更用力了，云被急剧上升的水汽从中剥开，音符倾盆而下，她体内的温暖被源源不断地揉了出来。

　　这种时刻让人的身体充满汁水，腹部似乎有一根细细的线从两侧不绝如缕地抽出来，体内黑暗的某处充盈着细细匀匀的痒。他开始轻拍她的后背、前胸，欢快的木头脆响如同在火中燃烧的噼啪声，无数细小的火星在空中游荡、炸裂，令人心醉神迷。他开始把手抛起来，再毅然把魔法棒甩上去，只有他知道那力度远比看上去的强百倍，四周静下来，她旁若无人地尖叫，用强有力的身体控制住了现场上百个人的灵魂。

每当处在这些时刻，我就觉得我从来都不曾真正认识小提琴，也从来没有机会弄懂其中的奥秘。人生中每每有巨大的空白在我眼前铺开，我发现我的无知，回想起来，这种感觉既茫然又惊喜。

听这场音乐会的时候，我正处在一种难以明言、混沌不清的心绪之中，画地为牢，像是尝试着同时去拉小提琴上的一弦和四弦——它们在平行关系之中离得最远，音色相差最大，无论换哪个角度，哪个姿势，都让我显得格外笨拙。我始终无法做到轻松自如，吐气如兰，因此索性放弃，用彻底的沉默消化情绪。我向来不认为感情的表达是一件令人羞耻的事情，然而这世界自有一套法则，如果爱是一艘大船，情绪就如同船上的乐队，即使是在落水的前一秒，你也不能乱了拍子。

我从那时起沉迷于每晚无休止地拉琴，手臂实在动不下去，我就把音响开着，循环播放巴赫6组《无伴奏大提琴组曲》，肖邦17首圆舞曲，以及亨德尔和海顿。巴赫那么庄重，尤其是《G大调前奏曲》和《降E大调第四大提琴组曲》，有一种严肃的美，一种朴素真诚的力量；肖邦和海顿每次听会有不同的感受，活跃、跳脱、迷茫、失落，最终沉入平静又黑暗的海底。我听到他们问我：你确定你的感情吗？你确定吗？你的爱是一种本能还是一种惯性？音乐和爱的情热不一样，它不是荷尔蒙的产物，它是绝对理性和绝对抽象的艺术，脱离人类永恒存在，有着其他艺术形式缺失的神性。因此，音乐从不赋予人类感情无谓的光环，它的祛魅效果奏效了。

德国和意大利合拍的电影《小提琴家帕格尼尼》里，乌眼棕发的英俊小提琴家对爱情有着天生的免疫力，擅长短时间的沉迷，没过几天就兴致全无，专注于魔鬼式的疯狂演奏，以让人眼花缭乱的连顿弓、飞顿弓和抛弓让观众一次又一次惊叹不已，让女人如同蝴蝶之于花蜜一般一天到晚地黏着他。可是每一个正在演奏的音乐家看起来都是禁欲的。音乐也许是禁欲的，但赋予音乐神性的人不是。所以他一旦功成名就，嫖娼吸毒，音乐的魔力瞬间消失，弃之如敝屣。这是音乐对人的一次大规模报复——你当她只是一件工具，而她告诉你，她的身体自有一种强大的力量，她全部的尊严，来自于对欲望及其附属物的控制。

两年前第一次听《特里斯坦与伊索尔德》。这部歌剧于1865年6月10日在慕尼黑首演，是瓦格纳半音和声体系达到巅峰的作品。写这部歌剧时，瓦格纳正和自己朋友的妻子、有夫之妇维森冬克夫人处在密恋之中，前奏曲里爱的渴望，眉目传情，到欣喜若狂的表达，是赤裸裸的音乐的示爱，是欲望、感官性以及浪漫主义的结合体。到底是爱情激发了他的音乐，还是音乐促成了他的爱情已经不重要，音乐就是瓦格纳的纵欲，一场长达四个小时，拉了所有人下水、无休止的盛大纵欲，他要在音乐里实现自己在现实中实现不了的爱和哲学。

瓦格纳把自己的爱灌注到了《特里斯坦与伊索尔德》里，歌剧写完后，爱情的持续力仍然在，但是那种无法遏制的情热已经消退，如同八月下旬夏夜的燥热与蝉鸣依旧，暑气却逐渐散去。如果这只是一种无意义的喧嚣的情热，那么把无处发泄的热情投入到音乐里，内心也许就会得到平静。对我来说，这是一次失败的聆乐体验，我承受不了瓦格纳式永无休止的音乐高潮，这种方式太"德意志"。我忍不住想，瓦格纳终究还是更爱音乐，因为那里头什么都有，什么都能投射，哲学、爱欲、死、贪婪、嫉妒，以及触手可及的永恒。常人的爱里给不了这么多。

很久没见的女友坐在背景模糊的嘈杂人群中，脸上露出迷离的表情。她告诉我，她和她的男朋友性格不合，绝对不可能结婚，但是分不开。我问原因，她脸上露出暧昧的笑，说因为身体分不开。我赶紧做出理解的表情，以装作成熟的沉默掩饰内心的疑问。她向来主动、果敢，清楚自己想要的，懂得及时行乐。她把这种性格归结为射手座的主动性，对于那些第一眼就看上的人，她就像一个电动节拍器一样，能够自如地调节情绪和谈话的节奏。她让人无法拒绝，因为她的情感让人感到轻松，没有责任与义务的牵绊。我没有资格指责她的偏好，正如我也没有资格宣扬我精神上的洁癖，我习惯于小提琴的独奏，而她更喜欢双手联弹，擅长即兴演奏。

喜欢听古典乐，每每惊讶于两个完全不在同一位置上的音，会形成如此悦耳的和声。每一次听都像是第一次听见。可是单独演奏出来，又似乎毫不相干，各自拥有独立的生命。以前练沃尔法特那些看似简单的练习曲，开头和结尾的双音里有更严肃、纯真的东西，渗透着微妙却持久的愉悦。听巴赫的《二声部创意曲》钢琴曲，左手和右手分别驾驭的两个声部一前一后，相互追逐，如同密林中沿着河流走路的人，脚底的泥土在金盏花、蝴蝶兰的根茎下变得筛子一样松软，阳光透过云层一般厚的树叶照过来，先照亮你，再捕捉他，直至射入你们背后的黑暗。先是你走在前面，向着未知伸出湿漉漉的绿色手指，接着河对岸的他慢慢超过你，背影在鹅黄色阳光照射下被切割，你们闻到了空气中花和泥土混合分泌出的糖分，放慢了脚步，最终，你们在河流消失处汇合。

这是音乐里的左手和右手的结合，也是一种生动的启示：音符和音符的契合有着它们的法则，它们彼此分不开，但是知道何时保持距离，何时掉头走开，渐次隐入黑暗。有时候为了烘托对方，必须有所牺牲。你仔细听，能听到每一首曲子里都有着高度的责任感和道德法则，哪怕是在最高潮的时刻。

曲子听完了。我的胳膊已经从半麻木状态恢复过来，我又可以继续拉琴了。只要拉出第一个音符，我就知道，那种感觉其实一直都在，一种生命中无法形容的时刻：仿佛站在晃动的地铁里，我闭着眼，闻到从远处散发出的整座森林的气息。那里有西伯利亚云杉纹理里散发出的清凉，有枫树透过美丽的虎斑纹传出的木头响声，有四只黑色乌鸫张开翅膀，迅疾如琴弦颤抖般冲上天空，而车厢摇晃，天空也跟着摇晃，果实抖落，黄色的橙子掉进我的口袋里，指甲划破李子紫红的外皮，野葡萄坠入红色泥土中，野草上的露水映出此刻变成鱼鳃蓝的天空。而我像一把琴弓一样不由自主地绷紧了，静静等待松树的汁液凝固成金黄色的小小一把琴，映照我的全身。

曲子已经拉到了一半，不过我要和你分别了。原谅我的自私，我只能将这些瞬间保留在琴上，每当我拉起琴，这座森林就会扑面而来，这将是世界上最美妙的音乐。

含蓄与秘恋：我所爱的肖邦

"Chopin is no more."

"肖邦不再。"这是华沙肖邦故居博物馆里的唯一一行字。黑墙白字下，放着肖邦的死亡头模，他去世时，距离他离开波兰已经整整十八年。现在他回来了。

15岁那年，少年肖邦在法沙尼亚乡村度假时给父母写信。信写得龙飞凤舞，活泼诙谐，充满对身边人的调侃和打趣。这些信和他画着人物肖像的日记本都展示在博物馆的黑色橱窗里。他的手写乐谱上音符小而密，符干像一个个倔强的小树枝插得到处都是。后来我从耶鲁大学网上图书馆找到了更多肖邦手稿的扫描件，看到的第一个念头是：这个被称为"浑然天成的天才"，靠的绝不只是灵感和天赋。那些大段的修改和删除来源于漫长的思考酝酿过程。

在肖邦曾经的亲密伴侣，法国小说家乔治·桑的《我毕生的故事》里，我发现了答案："肖邦的创作是自发的，奇迹般的。他不需要寻觅，也没有预感。灵感落到他琴上，突然降临，完整，美妙无比——或者一次散步时脑子里旋律显现，他会扑在琴上，急不可耐想要听到它……为了能记录下来，他对这一切极力追索，为不能清晰地寻回灵感而遗憾……他能连着几天把自己关在房间里，流着泪，来回踱步，折断笔，重复或一百次地变动一个小节，一次次写出来再抹去，第二天在一种坚韧不拔和绝望相混杂的执着中重新来过。他花六周时间写一页，然后回到刚开始就勾勒出的那样。"

刚看到这段话，心里除了有猜想被印证的惊喜，也有迫不及待希望分享的冲动。我们认为的天才总是一笔挥就，随手就能涂抹出诗意，这种想法也许让很多人在一开始就望而却步。可我看到的是，被公认为不世出的、独一无二的音乐王子肖邦，是一个长期咯血、因生活所迫经常作息不规律的肺结核患者。而即使在体质已经非常差的情况下，他的付出仍然比常人多得多。灵感稍纵即逝，而勤奋则常驻永存。

很长一段时间，我都对肖邦置若罔闻。虽然小时候家里买的第一套 CD 就是肖邦的夜曲，我还是不喜欢他。那套 CD 的封面是法国某个印象派画家的画作，几个跳舞的小姑娘踮着脚站在钢琴旁。金黄色的头发，粉红色的蝴蝶结，无数点构成的面部没有表情。打开音响，CD 响起，空气变得稀薄，像目睹一座巨大的冰山缓慢露出水面，房间里的点线面从空气的迷雾中跳脱出来，因单调而显出空旷。窗外，阳光透过老槐树的叶子反射到地板砖上，被揉细的光线和地砖冰冷的灰白色并不融合。抬头往远处看，墙壁与墙壁结合之处聚集了大块的黑暗。视觉和听觉上，我都觉得这个房间正一点点把我推远。洗衣机和鞋柜之间，大理石桌和空调之间，事物与事物之间，都产生了强烈的疏离感。

这是肖邦给我的最初记忆。每次，只要耳边一响起《降 b 小调夜曲》第一号，那种疏离和冷淡的感觉就会再次回来。我把这种对某个特定音乐家、某首曲子无感的原因归结为欣赏水平的限制。年幼时，有些孩子的心灵完全打开，往里放什么就能倒映什么；我则属于半开半闭状态，有强烈的自主意识，喜欢和不喜欢都表现得过于激烈，以至于错过了很多好东西。我们当然不可能喜爱所有作曲家，欣赏所有的音乐风格，但是唯独对肖邦，我要等到很久之后才知道：理解一首音乐乃至一个人，需要年龄和阅历，以及一点点契机。

四月有一次周末，我在家洗了一堆衣服，煮上饭就累得瘫在床上，顺手用手机放巴赫的曲子。身体的累让大脑处在无防御无期待的空盈状态，音乐一点一点进来。我慢慢意识到这是《勃兰登堡协奏曲》第五首，明亮、喜悦，小提琴、羽管键琴和长笛相互应和，编织出细密的小情绪，酝酿出第一乐章结束前一大段羽管键琴独奏。缀连不断如珍珠一般圆润的音符在空气中吞吐、呼吸，脑海中的画面可以具体到清晨八点左右的阳光，照射在德国路德派教堂那种朴素的木桌木椅上，微风拂过叶子那一瞬，一切幸福得让人窒息。巴赫的欢乐和宏大里带着一种不像是人间该有的理想主义，他让信仰真正显形，那一刻，我灵魂出窍。

旋律渐弱，消失。我闭着眼睛躺着。一段均匀的三连音流出来，音乐调性由明亮转入朦胧、忧郁的小调。左手的琶音以沉思、回忆的姿态突兀进行，右手的旋律让我大脑一度空白着，没听清什么，旋律就极柔顺地过去了。听到中段，右手突然现出非常熟悉的影子，那种似曾相识、盘桓在脑海深处的旋律。我看了一眼手机，肖邦《e小调夜曲》作品第19首。我感到奇怪，从古典的巴赫转到浪漫派的肖邦，这一次，没有一点点突兀感，如果有那么一个电影镜头可以比喻，似乎是从清晨的教堂外部，用一个长镜头移到祈祷者的脸上。脑中的联想一旦被打开，似乎就停不下来，思维开始漫无边际地捕捉即刻能想到的任何情节，我想到了陀思妥耶夫斯基《白痴》里的梅诗金伯爵，想到了约翰·威廉斯的小说《斯通纳》里，怀着隐秘的情感过完一生的斯通纳教授。

发散游移的细节和画面，最终全部指向了一种动态的情绪：被克制的情感。越听，宗教感反而越弱，那更像是一种引而不发、哀而不伤，还没有吐露就平复的情绪。因为没有明确的形状，而就仅仅只是情绪而已。我静静听完整首，重新播放，然后随便找了一张肖邦夜曲的 CD 出来，从头放到尾。

听了一段时间的肖邦之后，我的感觉是，和巴赫、莫扎特不同，肖邦对我来说更像是一种清晰的音乐记忆，而不是一种抽象的音乐氛围。听肖邦时，彼时彼地的人、事、物等等细节扑面而来，我总是能想到具体的一个人，甚至能唤醒气味；而在巴赫、莫扎特那里，就是结结实实、有感情有色彩的音符和旋律。也许在专业的音乐人士眼里，这种比较不是很妥当。肖邦是浪漫派的领军人物；而巴赫、莫扎特分别是巴洛克乐派和古典乐派的大师，音乐风格上本来就相差太多。可后来我看了一些传记，上手弹了很久没练的钢琴，更倾向于相信为肖邦作传的法国学者贝尔纳·加沃蒂的说法："肖邦是一个古典主义者。"

《肖邦传》里，肖邦的启蒙老师齐夫尼极有洞见地认定小肖邦是个罕见的天才，他用来护持这个天才顺利成长的法宝是借助巴赫和莫扎特的神灵。书里这么写道："齐夫尼禁止肖邦去练那些'时髦却糟糕透顶的东西'，只让他弹'莫扎特小奏鸣曲和令人生畏的巴赫平均律中那些容易弹的前奏曲和赋格'。让他知道他是巴赫和莫扎特这个艺术家庭的一分子。"后来，肖邦在巴黎，在一位学生面前背奏《平均律钢琴曲集》中的前奏曲与赋格，对吃惊的学生说："这是忘不了的。"

加沃蒂认为，肖邦的精神气质更是古典主义的。他指出："他对同时代音乐家丝毫不感兴趣，门德尔松、舒曼、柏辽兹，甚至对李斯特本人，他都不予任何关注。在他看来有价值的，只有过去的杰作和他个人的作品，这位伟大的浪漫派人物，是一个根深蒂固的古典主义者。"肖邦的沉默，表明他的内心遗世独立，他对同行的吝于夸赞，说明他心中另有标准。浪漫派时常流于抒情而毫无节制，沉迷于作品外表的华丽，堆砌出猎奇夸张的音乐造型。而"本性属于浪漫派的肖邦，从不对某种说不清的歇斯底里般的幻觉让步，即使他处于精神崩溃的边缘，也持守着一种古典的严谨"。

为了印证加沃蒂的说法，我买了一本肖邦夜曲的谱子，试奏了一下，结果发现自己处于束手无策的状态。而首先跳出来的感触是：肖邦用的表情符号几乎细到每隔八个小节就有变化，敏感的音色、节奏变化贯穿始终，你几乎不可能闭着眼睛弹奏连续两个小节。有的小节里有重音，但是前面又有 sfp（特强后弱）的记号，所以手指的触键控制要求几乎苛刻。除此之外，肖邦的圆舞曲和夜曲有多达十几个版本，每个版本的表情和乐句划分都不一样。从一个聆听者转变为一个演奏者，犹如对一个人产生朦胧的恋慕感，到尝试着理解他、参与到他的生活之中，你不仅面临着他的抵抗，也面对着自己的抵抗。但是这种逐渐加深的了解哪怕仅仅是单方面的，也让一个人、一首曲子变得立体、清晰起来。

进入肖邦，比起进入一般作曲家要更难。这种难不仅仅是技术性的。对位与赋格，织体与和声，巴赫曲谱里那种复杂到拆解开来也保持数学的严谨对称的精密感，让人在仔细看谱时有突然开窍的狂喜，在肖邦那里不会有。不论是从聆听还是演奏方面来说，找到入口的时间都很长。家仇国恨与私人感情纷繁纠葛，流亡者、艺术家的身份让他的感情向内投射，在个人化的道路上走得太远。很多在其他作曲家那里单纯是作曲的问题，放在他身上几乎不可能成立。所以他的难让人束手无策。于肖邦，琴人是一体的。

我最喜欢的肖邦的一首圆舞曲，是他的《b小调圆舞曲》，作品六十九号之二。这首作品从一开始就给我与众不同的感觉，以至于我不舍得破坏那种朦胧的直觉去分析结构，即便我知道这么做很短视。这首圆舞曲和其他圆舞曲比起来，感情更含蓄保守，没有高潮和明确的乐思，仿佛只是一个人的低回和自言自语，旋律在富有弹性、轻盈的琶音里呼吸着。每一次听，都觉得在感情上受到很大的抚慰，看待周围的人和世界的目光都温柔了起来。b小调的底色很忧伤，也让我明白非常欢乐明亮的音乐缺乏投射，因为欢乐总是清浅，在我们的世界里，感情也许需要一点点重量。

　　写这首曲子时的肖邦，身处对自己的同学康斯坦斯·格拉德科夫斯卡的暗恋之中。他 19 岁，已经名扬波兰，被当作天才。而他不表白，甚至不敢跟她说话，表现出异常的害羞。内心即使波涛汹涌，"心如群马踏过"，他也丝毫没有表露出来，甚至希望立即离开华沙。而《b 小调圆舞曲》，最终被证实是为康斯坦斯所作。学者和肖邦研究者对这段感情非常不解，他们无法理解肖邦不表白、不作为的原因，因为他"不制造任何独处的机会，看上去压根儿不渴求"。

　　其实如果了解肖邦后来的几次感情经历，对这件事也许不会那么惊讶。因为肖邦自始至终是个在感情上不主动的人。加沃蒂说，肖邦"没有爱的能力"，我想这可能是真的。世界上很多天才音乐家，格伦·古尔德、亚莎·海菲兹，在感情上都可以用"自私"来形容，他们似乎把热情一股脑都给了音乐。但是肖邦这段感情之所以更打动我，是因为我相信，在肖邦种种复杂的内心斗争和感情世界里，始终有含蓄和克制。对于我们这种性格内敛的东方民族来说，似乎更容易理解一些在感情上完全反其道而行之的行为。而我的另一个猜想是，对于这些极具创造力的天才来说，想象一种感情，本身已经能够获得爱的力量。这也是他们迥异于常人，并且毕其一生保持充沛创造力的原因。

　　抛开这件事不谈，对于创造力，我其实有一个很个人的经验：

想象力比创造力更加珍贵，因为它保护了我们不受现实的伤害。丰富的想象力不仅是一种天赋，更是一种能力。那些能够凭空幻想出一整个世界的人，过得也许是截然相反的另一种人生。聆听肖邦的音乐，你很难想象这个抵达了同时代人无法触及的人性深处，写出了最真挚深沉的家国悲伤的人，其实生活在远离波兰故土的法国王公贵族之中，每天面对的是舞会沙龙上的莺歌燕舞和朋友们的欢声笑语，而他不得不在沙龙里维持存在感，才能保证私下为贵族子女授课的经济来源。他音乐中挥之不去的悲凉阴郁无需任何解释，仅凭音乐本身能感受到他对外部世界的置若罔闻。我有时候不敢轻易听肖邦，因为那种代入感太强烈了，让人喘不过气来。

我所感到开心的是，真正的天才可以是非常个人化的，个人化到甚至可以称之为自私。他们表达自己，专注内心世界，他们在向内探索的道路上走得越远，我们就越能感觉到人作为一个个体的珍贵。

北京已经是深冬了。前天晚上很晚下班，我打了辆车回家。车子快速行驶在三环的道路上，经过结了冰的亮马河。我戴着耳机听着肖邦，静静地看着窗外。人们骑着自行车，裹着厚厚的衣服和围巾消失在夜色里；公交站牌下，等车的年轻人抬头张望，说话时空气里有白气骤然浮现。肖邦给这座城市赋予了一种雕塑感，让我喜欢它。肖邦说过："没有不含隐秘想法的音乐。"看着窗外的城市，我想，对于我们这些不专业的音乐门外汉来说，无论听什么样的音乐，无论它们给予我们何种感受，都会通过感官，最终进入我们的日常生活。而音乐对于平庸生活的真正意义也许就在于此：它让我们在某个瞬间，完全忘记自己，丧失自我表达的欲望，像被风吹响的木笛。而过后，我们于其中安放快乐、痛苦、悲伤，以及短暂的仅仅只有几秒钟的幸福。生活中那么多时刻，我们每个人都各行其是，但在很多巧合的瞬间，我们也可以有共同的呼吸。

第二乐章

悉尼独奏 ●

Sydney Solo

每个人的生命乐章都从各自的独奏开始。我演奏的舒伯特也许不是最好的，但是我以我的理解方式去抵达那个三百年前，只活了 31 岁的年轻人。我也以我的方式在异国他乡生活。

我们称之为漂泊的状态

2010 年，美国作家、《纽约客》驻北京记者彼得·海斯勒在第三本写中国的书里说，中国有两个地方给他家的感觉，一个是三岔，北京北边一个村庄；另一个是涪陵，长江边上的小城，他把涪陵当作他在中国的"老家"。我把这本书带到悉尼，每天装在书包里，坐火车或者打工间歇就拿出来翻一翻。我喜欢他谈论中国那种好奇又亲切的口吻，喜欢他描述中国人生活时不经意间流露出的喜感和善意。我喜欢他，是因为那时我也在悉尼漂泊，试图在它的某些角落找到家的感觉。

我在悉尼的第一个"家"是 Kogarah 区公立高中对面的一所红砖小房子，房东是个五十岁左右、很早就移民的上海人。这座房子年久失修，栅栏歪歪斜斜地插在杂草里，窗户玻璃呈放射状向周围裂开，院子里不知名的昆虫与杂草肆虐，门口的邮箱里塞满了广告，一看就是长期出租房间、从不装修的人家。到悉尼的那天是中国小年，他给我和另一个姑娘小宇包了些饺子，端着自己那一份进了房间，看 Chanel 11 正在热播的真人秀《减肥达人》。

第二天，我在烈日下徒步两个多小时，穿过漫无尽头的上坡路，到达碧蓝色的 Kogarah 海湾，海对面就是悉尼机场，时不时有飞机从海面上低低飞过；回家时，我经过火车站附近一对希腊夫妇开的水果摊，因为害怕太贵而走开，过了整整两周才发现水果便宜得离奇；在华人超市里我急功近利地和店员说英语，而他们却无一例外用广东话回答我，懒洋洋地把一瓶 12 澳元的老干妈辣酱和 2.5 澳元一盒的鸡仔饼装进袋子里，当晚有老鼠光临了我的书桌，黑暗中我清楚地看见它沿着电线爬上桌子，钻进饼干袋，临走还撒了一地。早上起来我立即找房东，他冷冷地看着我说："不要乱吃零食，要保持房间卫生。"

总之，待在悉尼的头一个月，所有事情都和我想象的截然相反，在学校也不例外。中国留学生基本都会提前上两个月的语言课再正式入学，而我来悉尼之前铆足了劲要给父母省那 3 万块钱，雅思考了自己都难以相信的高分直接入学，却在第一堂课上发现所有人都在亲密地打招呼，没人理我，因为他们已经在语言班上混熟了。我沮丧得动了回家的念头，而悉尼当时向我展示出的真实面连十分之一都不到。

因为总是独来独往，我被几个泰国人、越南人、马来西亚人和阿尔巴尼亚人的小团体吸收，组成了看似稳固实则脆弱的第三世界联盟。到现在我依然不知道这是好事还是坏事，因为我各种腔调的英语貌似都学了一点，但与比同时，我在中国学生的圈子里显得格格不入。这种格格不入有我因为自尊和莫名其妙的逞强不愿意加入其中的原因，也是他们把我看成只和外国人交流的势利小人的结果。智利诗人聂鲁达 1949 年被驱逐出国的时候写道，"我承认我历经沧桑"，我觉得这是一种太过于诗意的说法。身处异国，上帝在我们之间检阅的绝对不是这种诗意，而是彼此间聚集的世故和冷漠。

中国留学生悠游地生活在悉尼并且只待在市中心，而真正的悉尼却很难被阅读以及融入其中。那个时候我最喜欢看的是各类小报上的招工信息。在悉尼，修屋顶和下水道的工人时薪是 100 澳元；修草坪时薪 50 澳元，还包含休息的 10 分钟；华人餐馆最缺的永远是洗碗工——因为薪水太低，连时薪 10 澳元都不到，但是不查签证；留学中介从各类大学里挖掘潜在的移民对象，付不到 80 万澳元就可以做技术移民。

这些杂七杂八、琐琐碎碎的信息让我踏实。悉尼这座城市在某些方面虽然很坚硬，但从报纸上，我触碰到它的某些入口，让我不至慌乱。很久之前有人告诉我，俄罗斯的味道是东正教和雨，最后中和为上帝；于我而言，悉尼的味道是烈日和报纸的油墨香气。我不知道别人靠什么来感知悉尼，可我必须抓住一些确凿可信的东西，才不会怀疑自己在这里的生活像是永恒的漂泊。

我经常跟两个越南朋友 Truong 和 Tran 分享报纸招工信息。Truong 的外婆是广西百色人，从小就会说一口广西话，父母在胡志明市开米粉店。Tran 的粤语讲得很流利，因为在悉尼的越南人很少，所以她经常去中餐馆打工赚生活费。澳洲正规餐厅的最低时薪是 12 澳元，而中餐馆一个小时只有 8.5 澳元。作为中国人，我心里一直为存在这种黑心华人老板感到愧疚，但是 Tran 自己并不在乎，经常开心地告诉我饭馆里提供的免费午餐都很丰盛，晚上还能把食物打包回家。

我在 Redfern 区悉尼大学附近的一家咖啡店打工，每周一三五早上五点起来做一天的早饭和午饭，赶七点多的火车去学校上课。中午下了课，我就端着饭盒在学校餐厅里热一下，找一张空桌子飞快地扒完；如果餐厅人满为患，就只能在餐厅外教育学院的走廊里吃饭，因为咖啡店是不允许员工在休息室吃饭的。

曾经在美国待了七年的学者刘瑜在纽约做过促销、家教，以及兼职的行政工作，她说，这些工作看上去像美女的背影，但做起来一个比一个难以忍受。她奉劝那些想用打工来锻炼身体、免费练英语、遇到白马王子的姑娘们赶快清醒，因为打工除了赚生活费这点儿好处之外，实在是浪费生命。我并不完全同意她的观点，但是也不得不承认，她的描述很多都是对的。

首先，打工练不了英语，因为正规西餐厅留学生很难进，而中国人的餐厅会粤语比会英语有用得多；其次，西餐厅虽然薪水高，但是会有非常不人性的规定，比如不许在换班空当儿吃饭，禁止和客人闲谈，禁止彼此交流薪水和小费数额，老板没有权利随随便便辞退你，你也没有权利随随便便走人。比起可以随时摔抹布走人的中餐馆，外国人实在太过于讲究规矩和法律了。这么一看，牺牲学习时间去赚生活费确实不怎么值得，但我依然觉得打工让我看到了悉尼有趣的一面。

我打工的 Three Bean 咖啡店有一条很有意思的规矩，叫"100th Cup Rule"，每一天，在那里点到第 100 杯咖啡的人都是免费的。但是实际上，买这第 100 杯咖啡的人就没有免费过。因为 Redfern 街上经常有一些流浪汉，从下午一点左右就坐在门口的咖啡桌上等待着买第 100 杯的人，然后让他们请他喝一杯咖啡。老板不想破坏规矩但又心地善良，所以每天都请这些流浪汉喝咖啡，多的时候一次来过十几个人，把很小的门店挤得水泄不通。我一度怀疑，这么做下去不出三个月就会亏本倒闭，但这家店却越做名气越大，还上了《澳大利亚人报》城市版的头条。那年秋天，悉尼区议员选举的时候，我看到老板 Gordon 的海报贴得满校园都是，他那标志性的笑容下面的标语是"Vote one who can treat you like family"。

悉尼是一个讲求实际但同时也温情脉脉的城市，所有的付出并不一定能收获，就像是 Gordon 并没有成功当选区议员，但是他仍然请流浪汉喝免费咖啡。

打工时我还看过给宠物狗点杯子蛋糕的老太太，看到过日复一日来宣传"拒食袋鼠肉"的环保主义者，看到过一次不那么成功的求婚：一个小伙子让我们把一枚戒指放在烤薄饼里，为了掩饰，西点师在薄饼上洒满了冰淇淋和巧克力酱，结果不知道是因为戒指太小还是姑娘胃口太大，她她她……一口把戒指吞了进去，直接被送到了医院。原来求婚最好不要搞太多惊喜，约会的时候也应该先把肚子填饱再说。

在悉尼这些琐琐碎碎的瞬间谈不上有什么意义，也不会让我的人生得到多大的进益，却用新鲜的面貌保留了我的想象力。此起彼伏的疼痛让我在还没有来得及思考之前，就已经硬着头皮迈出了步子，而这也许正好避免让我落入一种混沌怯懦、不去生活的状态。我逐渐明白，这些漂泊的时刻，不确定的时刻，反而是人生中最清醒、最难忘的生活经历。比起漂泊，我更害怕也许是单一的生活体验，因为内在经验和外在经验是平等的，精神世界和外部生活同样重要。

在悉尼是漂泊，在北京同样是漂泊。每天晚上九点多坐着拥挤的地铁回家，总觉得北京是座比悉尼更大、更沉默、更稳定的岛。变幻莫测的生活从未远离，只要我还渴望了解更多未知，渴望发掘更好的自己，漂泊的感觉就不会消失，好在我已经安于漂泊状态，我已经明白它驱走的是虚无，带来的是完整。

地铁上的布鲁克林

　　2014 年 9 月初，我独自一人从芝加哥到纽约。从肯尼迪机场出来之后我算了一下，这里是纽约市皇后区东南部，距离曼哈顿 24 公里，如果坐机场巴士转地铁，到酒店估计要一个多小时。在亚特兰大乘 Marta Train 迷路的经历并没有阻止我在纽约搭地铁的勇气，好在这一次我没有出错。

　　纽约地铁是典型的包豪斯风格，冷冰冰的功能主义。上艺术史课的时候老师曾说，所谓当代建筑，就是只要设计的东西符合目的，那美的问题就随它去，不必操心。下地铁时，站在我旁边的一对亚洲夫妇指着天花板上裸露的钢筋水泥和管道排线说："破死了。"

　　地铁是我们到达一个陌生大城市的入口，如果你对它多少还有点儿了解，那一点勇气就足够支撑你对这座城市逐渐熟悉起来。如果纽约地铁是画家高更的原始主义，那么北京地铁就像一幅平淡无奇的民间世俗卷轴，知其所始，不知其所止，漫长的旅程和持续的拥挤让读书或者思考成了一种奢望。

我喜欢在北京地铁上看书。一开始是看漫画，两篇小漫画就是一站3分钟，看10页就能在惠新西街南口换乘，再看20页就能到国贸。后来，我开始看一点言情小说打发时间，但是书里的香艳情节总会让身后的人用异样眼神打量我。作为一个成年人，我很诧异看点低俗文字有什么所谓，再后来，我开始尝试读一点正经的东西。而所谓正经的东西，也不过就是小说而已。

上个月我在地铁上读完了《布鲁克林》，这是科尔姆·托宾唯一一本适合在地铁上读的小说。《大师》无疑过于厚重，不方便携带；《空荡荡的家》过于私人，我更喜欢下班回家吃完饭靠在沙发上看；《母与子》没读下去，我和它气场不太对，想换个时间重新开始。而翻开《布鲁克林》的第一章，读到一个从未走出过爱尔兰小镇的姑娘横渡大西洋，在前往美国的轮船客舱里上吐下泻时，我觉得地铁上的我和她一样，正在开启一段新的旅程。

《布鲁克林》已经被拍成了电影，女主角是西尔莎·罗南，一个爱尔兰血统的好莱坞明星。罗南太美，外表的光芒不可避免地遮掩了这本书朴实的本质，就连托宾本人也说电影拍得"过于戏剧化"。《布鲁克林》小说封面上的那个女孩更令人信服，她的样子和我认识的唯一一个爱尔兰女孩非常像：不美，有点胖，脸上有一种爱尔兰人天性中的热烈和淡淡的嘲讽。

故事发生在 1950 年年初，爱尔兰东南部小镇恩尼斯科西。小镇姑娘爱丽丝和母亲、未婚的姐姐罗丝住在一起，全家人靠罗丝的薪水生活。爱丽丝找不到正式工作，在镇上的一家杂货铺工作，前途渺茫。有一天，罗丝认识的一个神父告诉爱丽丝，可以帮助她去美国布鲁克林工作。

爱丽丝去美国之前有两段心理描述。

> 她明白过来。罗丝在帮她搞定去美国的时候，也放弃了真正的希望：离开这个家，有她自己的房子，自己的家庭。爱丽丝坐在镜子前，试戴几款项链的时候，看到了未来，母亲变得年迈体弱，罗丝得花更多力气照顾她，端着餐碟走上逼仄的楼梯，做各种母亲已经没有力气做的清洁和烹饪家务。

> 她想，她们每一个人，都知道的太多，而且她们无论如何都不会说出自己的想法。她回房间时做出决定，她无论如何也要为了她们而假装自己对即将开始的大冒险满心激动……她对自己发誓说，无论何时她都不会流露出丁点的真实感受，如有必要，她会一直守口如瓶直到离开她们。

爱尔兰人通常把感情藏在心里，不到不得不说的时刻绝不吐露真心，这种压抑和含蓄让他们孤独，但内心也因此十分坚强。小说的前一小部分虽然平淡无奇，但爱尔兰人的性格刻画得特别真实。

地铁门啪地打开了。我合上《布鲁克林》，顺着人流走出来，绕过朝阳公园那个经常有老年人锻炼的街心花园，走五分钟左右，就会看到一座全部用彩色玻璃设计的不规则建筑物，两三个穿着白衬衫黑西装的人站在建筑物门口的咖啡店外抽烟。我深吸一口气，转个弯，走进电梯。来自爱尔兰的爱丽丝连同我的另一部分被塞进了小小的包里，我对别人微笑，但我肯定他们永远不会认识我。

爱丽丝对我来说是真实的。比我每天遇见、交往的人更真实，她属于我自身守备更严密的那一部分。对于即将去往北美大陆的爱丽丝的心情，她在爱尔兰的朋友们无从知晓，也无从领会，在美国的天空下把她的心保守起来更加容易。因为在那里，在六个女孩挤在一间屋子的布鲁克林街区，在卖尼龙袜子、排斥黑人的百货商店，没有人在意她。人和人彼此遇见，但每一个人都藏起了一整个私密的世界。

可是依然有人愿意敞开自己，这也许是我们能够待在一座陌生城市的原因。有一次我下班回家，从东四坐五号线往北走。我坐在座位上看了会儿书，一抬头，看见一个小姑娘看我。她冲我笑了一下，有点羞涩地把左手从兜里掏出来，向我秀了一下手背上亮晶晶的贴纸。她自得其乐，对近在咫尺的拥挤和噪音毫无知觉。我在想，我们是不是越长大，越失去信任陌生人的能力，这种能力是在什么时候被弄丢的，我们还能不能找回来。

布鲁克林的故事还在继续。爱丽丝在教堂举办的舞会上遇到了一个意大利裔小伙子托尼，他们全家五口人生活在布鲁克林。托尼"纯真、热烈、阳光，丝毫没有矫揉造作的气质"，他从未让她觉得，她应该推开他的手，或者是从他身边走开，一次都没有过。他是一个管道工。

美国犹太作家菲利普·罗斯在《垂死的肉身》里说："人类唯一迷恋的东西是爱情。人们认为坠入爱河后才能使人成为完整的人。柏拉图式的灵魂统一？我不这么认为。我认为你本来就是完整的，是爱情使你破裂。你本来是完整的，然后'啪'的一声，突然裂开了。"

随着爱情裂开的，还有纽约布鲁克林的生活和爱尔兰小镇的记忆。爱丽丝觉得自己分裂成了两个人，一个在美国，工作、奋斗，并且爱上一个人；另一个是母亲的女儿，爱尔兰小镇上那个人人都认识，或者都以为认识的爱丽丝。人生永远都有这样的分裂感，不知道什么时候，那个原本属于你的世界就会突然回到身边。爱丽丝在美国工作的第二年，姐姐罗丝心脏病发作，在睡梦中去世。她在赶回爱尔兰之前，与托尼秘密结了婚。

回到恩尼斯科西小镇，所有人都觉得爱丽丝变了。变得自信、洋气、美丽，那些两年前完全瞧不上她的男人们对她刮目相看，两年前在舞会上连看都不看爱丽丝一眼的吉姆·法瑞尔开始公开追求她。这时候爱丽丝动摇了，故乡的一切都是如此熟悉，记忆与现实重合得如此完美，有那么一瞬间，她觉得此时此地的完美生活就是她梦寐以求的。科尔姆·托宾写到爱丽丝的心理活动，"此刻她希望未曾与托尼结婚，并不因为她不爱他，不想回到他身边，而是因为没有告诉母亲和朋友使得她在美国度过的每一天都好似一场梦"。

故事的结尾，爱丽丝因为在美国秘密结婚的事情暴露而回到了纽约，但是私下里，我不止一次地想，如果爱丽丝和托尼没有结婚，她还会不会回到美国？故乡的亲人和熟悉的一切足不足以留住她？我对小说里描写的爱丽丝回到小镇后的纠结怀着隐秘的爱和感动，是因为它远比罗曼蒂克式的电影结尾更真实。故乡的人们庸俗势利，故乡的空气陈旧乏味，人与人之间的交往如一潭死水，最大的新闻也不过是好友结了婚、钻石王老五依旧单身，可故乡终究是故乡，我们爱它，就是因为它本来的样子。

英国作家毛姆曾经写过一个故事。英缅战争时期，缅甸战败，大多数的英国士兵都回了家，有一个英国士兵爱上了一个当地女子，留下来和她结了婚，生了孩子，在缅甸生活了四十年。可是他做梦都想回到英国，一闭上眼睛，他仿佛就能看见滴着雨的阴沉天空，有野玫瑰花的小径，屠夫趴在肉店门口和他打招呼。他到死也没有忘掉故乡。

　　我在地铁上看完了《布鲁克林》的最后一页，心里逐渐安静下来。我明白这片天空下，有无数像爱丽丝一样的人，每天挤在地铁上，有一份前途未卜的工作和一个同样茫然的恋人，他们把故乡的一切怀揣在心里，一想到就觉得无比踏实。如同我一打开书，就能立即融入一座陌生的小城，拥有一个地铁上的故乡，那是我脑海中的想象和眼前的现实真正重合的时刻。

酷儿尼古拉

　　我每天上班路过的这条街，应该算是北京外国人最密集的街区。他们与这座城市的性格和气质发生着某些日渐密切的融合，以至于很多时候我看到他们，脑海中无法激起任何想象。其中有金发碧眼、皮肤奶白的上班族；有皮肤晒成小麦色，穿着牛仔、T恤，骑着自行车在人群中穿梭的背包客；也有在标志性建筑前面拍照的印度观光团。

　　这个兼有商业办公与娱乐气质的街区没有赋予外国人太多的开放性。从他们的穿着上就能看得出来——保守、收敛、几乎从不袒胸露乳。在异国他乡，他们反而不自由。

　　有一次，我从地铁口走出来，经过拐角处的老式酒店，对面走过来一个很胖的外国人，他整个人像是几个大小不一的白色塑胶球黏合在一起，手里夹着烟，一路吞云吐雾，随手把没熄灭的烟头扔在地上。那个瞬间，他的眼中流露出不屑、鄙视和焦躁的神态，使我心中涌起一股厌恶之情。我想知道他来自哪个国家，后来又觉得这其实不重要。我们对西方人经常有种理所当然的美好想象，可是说到底，他们跟我们没有什么不同，一样会过马路闯红灯，一样会随地扔烟头，一样充满好奇心，一样受生活压力所困，这和环境无关，和人本身有关。有时候会忍不住惊讶，这些宛如希腊雕塑般英俊的面孔下竟然有极其鄙俗的意趣，而同样的外表下，有时也会发现某些自始至终保持了天真、单纯之心的人们。

尼可就是这样一个人。毕业后的两三年里，我每周会收到国外社交软件的好友消息，他的微笑时常出现在邮件列表里。我知道他参加了悉尼作家节，他关注一年一度的马拉松，他报名做新南威尔士当代艺术展的志愿者……渐渐地，他的消息湮没在各种各样的广告、工作事务及订阅新闻里，我差不多已经把他忘了。

上周二，我从惠新西街南口五号线换乘十号线，站在三个穿着优雅，白发苍苍的外国老人后面。两位男士，一位女士，正在你一言我一语地讨论着什么。他们三个人似乎形成了一个独立的宇宙，丝毫不受周围环境的影响，沉浸在对某件事的深切好奇心中，专注地听对方说话。

车来了，他们上了车，围着车厢中间的扶手继续说，时不时发出笑声。我戴着耳机，甚至都不确定他们说的是否是英语，但是那一瞬间，我感受到一种发自内心唤起美好回忆的愉悦感。这感受既具体又模糊，直指四年前的校园，二三月份的悉尼。南半球正值初秋，空气中浮着丝丝缕缕的咖啡香气和桉树叶的苦味，尼可和一个法国女孩从图书馆里走出来，对着我打招呼，整个人散发着被太阳晒过的柔和气味。

尼可是我认识的唯一一个意大利人，不具备任何可以形成既定概念的印象，费里尼和戈达尔电影里那些色彩浓烈、性格戏剧化的人物形象也很难和他产生什么关联。他甚至算不上帅，让我怀疑"意大利男人长得比女人都美"这句话的真实性。他剃了个光头，露出青色的头皮，个子中等，就像普通留学生一样背着双肩包，穿着也没什么特别之处。我们虽然有两节课在一起上，但并不能算熟，只是偶尔打个招呼的同学关系。但是每次想起他，我脑海里总是有强烈清晰的画面，犹如电影跳帧之后定在某一格，在黑暗中刺激着瞳孔。

老师们都喜欢他。写作课的女老师帕姆每次点名，总是故意把他的名字叫错，"Nicola！"第二个音节口形呈一个夸张的 O，再伸出舌头，随即爆发出一阵大笑，让人想起被处死的末代沙皇尼古拉二世。尼可从不介意，他甚至有些鼓励似的歪头做个鬼脸。视频剪辑课的老师艾莉森不苟言笑，却对尼可情有独钟。她对尼可的欣赏建立在他制作的视频的精美程度上，一次又一次在课上专门展示他的作品——复活节时达令港五彩斑斓的节日装饰，采访中恰到好处的空镜和远景镜头。那种一看就知道是精心准备、有着一目了然的韵律感和节奏感的作品，让人看到他的严谨认真，以及强烈的好胜心。唯独一次，尼可搞砸了，他在字幕条那里用了特效——一个画蛇添足而不是锦上添花的举动，艾莉森的失望溢于言表。那一刻我甚至不敢去看尼可的表情。人们很怕看到一个得不到糖果的孩子的表情，他就像个小孩，喜怒哀乐都写在脸上。

学期末最后一次拍片子的作业，艾莉森让我们自由发挥，拍一个五分钟的短故事，可以自演自导，也可以找人帮忙，只要能自圆其说就成。我突发奇想，想去拍一个有关同性恋酒吧的伪纪录片。那时候悉尼的同志游行刚刚结束，我正好拍了一些东西，加上酒吧的拍摄，能串起一个差不多的故事。现在回想起来，也不知道当时从哪里冒出来的勇气，连想都没想就带了机子，去市中心的牛津街碰运气，几家著名的同志酒吧都在那里。

牛津街位于海德公园的东南角，坐落在悉尼市中心的边缘地带，往北一直走穿过派丁顿区就能到达悉尼最大的邦迪海滩。每天早上走过牛津街，店铺上方巨大的招牌有如风干的岩石旗帜，直插进坚硬的玻璃与钢结构大楼里，与艺术品店甜腻腻的粉红色橱窗形成巨大反差。而到了晚上，这里是另一个被霓虹灯和各大洲人种占据的所在。走在这条街上，会让人有突如其来的孤独感，尤其是进入那间著名的位于二楼的同志酒吧之后，陌生混杂着恐惧的瞬间，我胆怯了。这时候我看到了尼可。

他坐在吧台最靠里的高脚凳上，正因为坐在最里面，所以他必须扭头冲着门口，才能观察进进出出的人。他一眼看到了我。

真是个奇妙的时刻。发现自己的同学在这里的诧异、惊奇和因为窥见他人不为人知的一面而产生的好奇让我不再感到害怕。我跟保安出示了我的学生证和学校开的拍摄许可，希望能拍摄一些场景，并且保证素材只会被用作课业考评，不会公开放映。这当然没用，酒吧保安冷淡地拒绝，说在这里喝酒聊天都可以，但不经过许可拍摄是违法的。

尼可走过来。我们聊了几句，他明白了来龙去脉。

荧荧的火苗在酒杯里忽闪着，尼可抵着下巴帮我想办法。吧台旁边一个人走过来，跟我们打招呼，尼可站起来，盯着他喉结下方的银鼠色衣领，轻轻说了一句："真精致啊。"他的眼神像熨斗一样烫过那件衣服的每一处纹路。我心里咯噔了一下，像有一束光打到头顶。

他帮我找了几个愿意出镜的朋友，填补了纪录片里空缺的主人公，甚至把自己的机子借给我——有些镜头需要两个机位。而最重要的是，我记住了他告诉我的那个词：不是同志，他们是"酷儿"，Queer。尼可解释这个词的时候认真又专注，像是无关乎自己。酷儿，"一个代表 LGBT 群体的政治与社会团体"，"一个泛指跨性别人士，包括异装者、变性者、交叉性者，以及同志的词，一个温和的词"。

直到今天，偶尔在工体西路、三里屯附近看到穿着中性，打扮阴柔的人，我仍然想起这个词，不带有任何感情色彩，这是尼可教会我的。在专业拍摄方面的精准，在理解人性上的宽容，以及，无论从多么黑暗的地方却始终发出温柔光芒的性格。那种开朗，我再也没在别人身上见过。

三年前的他没有想过自己会在悉尼过着这种双重生活：白天在大学上课，晚上来酒吧打工，顺带交友。他出生于意大利北部、阿尔卑斯山脚下与法国接壤的小镇上，那个名字过长的小镇我始终没有记住，却记得他形容那里的人保守、本分，丝毫没有米兰人享乐气质的时候，脸上露出的怀念神情。我猜他并不在乎被一个不太熟的同学发现自己无意隐藏的秘密，无论是从心理上还是地理位置上，我和他的距离都让他保存了自己的安全感。而私下里，他自己都无法确定自己是不是真正的同志。他在学校里和女生走得很近，女人们愿意亲近他，和他开朗乐天、极其友善的性格有关，更因为他能激发人内心好的一面。不过他的另一面并没有向所有人敞开，当然也没有向我敞开，可我自有一种发现了奇妙时刻的喜悦在心底，默默保留着。

　　那晚，他在酒吧里欣赏对方衣服的眼神，那句"真精致啊"，让一种极细腻、极特别的感情流露了出来。那是一种对美的敏感，发现他人闪光点——哪怕只是非常肤浅的闪光点的异禀天赋，因为这种敏感，他才会像一个小太阳一样向外部散发光和热，让一个几乎没有和他说过话的我也接收到了。尼可，你现在在哪儿呢？那一刻你沉浸在美的世界里，忘了身处何处，忘了周围所有人，宛如一颗绕着恒星缓缓旋转的行星在引力下的自转，我永远记得你失神的那个时刻，以及慌乱无主之水从我体内缓缓流出，消失不见。

在蓝与绿的沉睡处

在 Burberry 打工结束五年后，我发现之前的担心是没有必要的。我自始至终没有对奢侈品生出发自内心的渴望，也没有真正对时尚行业了解多少，唯一的影响也许就是开始喜欢各种各样的苏格兰格子。两千多种不同花纹、颜色的格子，几乎能够构成一部大英帝国史。

打工最后一天，总经理约书亚专门过来提醒我，我可以利用员工最低五折优惠在店里选任何衣服。我想了想，跑到仓库里扒出了一条上一季的荷兰蓝短裙，由湖蓝、天蓝、墨蓝以及伊丽莎白红条纹构成，导购书里这么写："A2 款采用荷兰国旗的蓝色，代表荷兰人民为之而战的水。"第一次看到时，我想到家乡小城的河，夏天涨水时有叫天子飞过，冬天干涸时露出森绿的石头，和战争、时尚扯不上任何关系，只让人产生浓郁而潮湿的情绪。

仔细算下来，这条裙子如果不打折，原价应该是我打工一周薪水的三倍，加上 5% 的奢侈品税点，够我一个月生活费，省着点用，还能每周坐一趟渡轮去玫瑰湾看看海滩艺术展，去悉尼北湾写写生，赶在七点之前回到市中心，吃一顿不贵也不便宜的晚餐。

回国前，我又去了店里一趟，直奔二楼的 Burberry Prorsum 男装专区。我在这里站了足足半年，几乎熟悉每一个角落。男装部经理艾伯特看着我拿了一件中号的爱尔兰蓝衬衫，问都没问就知道我是买给我爸的。衬衫刚到货的时候，他听我提过两次，这种青绿小格子一定适合我爸那种沉静内敛的性格，何况它的质量是最好的，产地不是浙江或者深圳，摸上去有种陷在棉沙发里看书的温软惬意。

艾伯特第一次看我的眼神并没有像现在那么善意，我猜他甚至没有正眼看过我，而是凭嗅觉闻到我的包里浓重的酱油味。上班前天晚上，我把剁好的排骨汆水，和海带一起炖，放了很多老抽；土豆丝细细切了和青椒一起炒，加了两大勺醋，乐扣的长方形饭盒被填得满满的，即使外头包了两层布袋子也遮不住味道。

Burberry 的员工一般会去金街的日式餐厅吃饭，或者去维多利亚大楼二层的咖啡厅要一份牛肉三明治，悠闲地看一会儿报纸，从来没有人把盒饭带到店里。后来艾伯特再这么看我，我就龇牙咧嘴挤出一个笑，下午四点交接班时拎着布包穿过金街到海德公园，坐在草坪上边看那个翅膀掉了一半的小天使喷泉，边哼着歌儿吃饭。身边有时候有躺着睡午觉的流浪汉，有时候有年轻人抱着吉他过来弹琴，空气中弥漫着蓝花楹和尤加利果混合的清香，带着一点点苦味，天空是难以形容的蓝色。

后来我坐的那片草坪被围了起来，办悉尼爵士音乐节，我就转移到喷泉旁边的原木椅子上吃饭，结果被二三十只肥硕的鸽子盯上了。它们在我附近不足两米处的地上来回徘徊，装作不经意地飞过来，直扑我的肩膀，小眼神里充满了狡黠，我只能弃椅而逃，跑到维多利亚大街罗马风格的石柱长廊下吃饭，边吃边回想刚刚公园里一群老头下国际象棋的情景。那是一个画在地面上的大棋盘，每个棋子都有半人高，对弈的老头在棋盘格上左左右右地移动，表情严肃认真。

石柱长廊的对面是一家 Godiva 冰淇淋店，旁边紧挨着苹果旗舰店和 LV 旗舰店，这里是悉尼市中心最繁华的地段，每天从早到晚，永远有穿得光鲜亮丽的年轻男女在门口排队，将一整条街占据。我边晃着腿吃饭边看他们，宝蓝色无袖真丝衬衫、熨过的像树木一样挺直的裤管，金属色蝙蝠墨镜，还有那种非常衬皮肤的水红色芭蕾舞鞋，微风呼呼地吹过，给街道抹上了一丝温柔的色彩，排队的人潮渐渐漫延到 Godiva 搭在外面的棕色风伞下，挡住了南半球刺目的阳光。有一次，我看到艾伯特从冰淇淋店里走出来。他仍然穿着那套深灰色的工装，花白的头发梳得一丝不苟，嘴边残留一点巧克力屑，那是上了岁数的人经常有的特征：用餐后嘴边带着食物屑。我心想这一定是艾伯特自己都不能容忍的，他是个如此注重礼仪的英国人，永远怀着深深的骄傲感。但那天看到他，我觉得他其实是个可爱的老头。

十一月的第二周是悉尼商店的"黑色星期五"，所有大商场和奢侈品店都打折，悉尼陷入购物狂潮之中。Burberry 每年有两次折扣，这次力度最大，我们从一个月前就开始清点库存，记录折扣款的色号和款式，打标签，填出货单，如临大敌地等到那天，结果从早上九点开始，抢购的人潮就填满了一楼每一处空隙，二楼男装部人更多，买男装的大多是中国妻子带着先生，看到导购如同看到救命稻草，争先恐后跟我说中文。一对带着浙江口音的夫妇一口气买了五件风衣、三件衬衫和两条裤子，加上税是 20.6 万人民币。即使在忙得不可开交的时候，我也能感觉到艾伯特带着不可思议的表情看着这些人，晚上他终于忍不住问我："你们中国人到底在想什么？"

我没办法回答，因为他心里早有答案。这和身处异国没有关系，甚至和能不能相互理解也没有关系。人似乎必须在这个世界上找到看待一群人的方式，才能在价值观里得到安全感。打工一段时间，我已经习惯各种各样的人对我各种各样的判断。在同为兼职员工的美国女孩阿曼达的眼里，中国人分为暴发户和辛辛苦苦赚钱、拼命想拿绿卡的人。在中国人自己眼里，我们要么是"勤工俭学、努力赚学费的留学生"，要么是"处心积虑希望在大品牌门店里钓上富二代的心机女"。在艾伯特和托尼眼里，我们是给他们带来了丰厚利润，但永远不会明白时尚真正含义的"那一群人"。

他们看我，也许不会有机会像我看他们那样，其实只是很多碎片：一缕梳得极整齐的白发，一滴嘴边的巧克力酱，一个眼神，一次耸肩。我知道这些碎片组合不出什么，但我明白我看到的这些一定不是他们完整的样子，好在我没有动力和欲望去证明什么。课业压力很大，经常考试，超市里的牛肉八点就会卖完……每个人的生活在别人眼中是一整块，在自己眼中只是平庸琐碎的细节。

去悉尼歌剧院听纽约交响乐团专场那天，学校正好只有上午有课。两个月之前我就收到了歌剧院寄的演出单，它和杂七杂八的广告单一起厚厚一摞，塞在门口的邮筒里。这种知名交响乐团的专场音乐会一般只演一场，我犹豫了几天，第一是票价太贵，第二是怕到时候调不开课，可后来还是咬咬牙买了票。没到澳洲之前，我对悉尼歌剧院很向往，去了几次之后发现，照片上珐琅一般光滑的贝壳状外形实际很脏，用手指能扣出粉灰，通往内部音乐厅休息室的棕色玻璃门藏在背对海港的另一侧，常年不开门，经常有游客跑到那里亲热。

我在图书馆待到五点出来，坐火车到达令港，沿路溜达到歌剧院。到得太早，我一个人在音乐厅外面的大厅里闲逛，被侍者塞了一杯香槟酒。一杯进肚，忽然有人喊我，扭头一看，是艾伯特和他的妻子。

艾伯特完全不掩饰脸上的吃惊，我拿不准他是觉得我没穿正装，一身牛仔就来了，还是觉得我压根不该出现在这种地方。澳洲人对于音乐会场合的着装非常讲究，女性穿晚礼服，男性穿西装打领带，从头到脚一丝不苟，有种郑重的仪式感，每场音乐会都会免费提供各类香槟、葡萄酒、咖啡和点心。我在悉尼待了一段时间之后才渐渐明白，音乐会对西方人来说是一整套教养，是社交场合礼仪的最大化，不仅仅只是一场音乐会，可我总不能带着礼服和高跟鞋去上课，下了课再换一套，我没办法想象把空饭盒和晚礼服放在同一个包里，就像艾伯特没办法把一个坐在街上吃盒饭的女孩和一个来听音乐会的女孩联想在一起。

我们攀谈了几句，双方都有点尴尬。他问我为什么会来听音乐会，我说我喜欢舒伯特，他点头，问我是不是在悉尼大学学音乐，我摇头说不是，他就回头看看他妻子，冲我耸耸肩，我才意识到虽然一起工作了小半年，我们对彼此却几乎完全陌生。

那天他告诉我，他老家在英国北部的科茨沃尔德乡村，20

岁时他来到悉尼，本来只打算待一年，但是遇见了妻子，就结婚留了下来，一待四十年。我第一次近距离看艾伯特，发现他看人时眼神有股自然流露的严厉，但是只要聊起天来，脸庞就会自然洋溢出笑意，变得柔和起来。艾伯特在店里其实很少和我们攀谈，他给人的印象永远一丝不苟，言行举止总是得体稳重，接待顾客永远不卑不亢。我曾经以他的样子想象过英国作家毛姆，他们有一样的骄傲感。

音乐会结束时，他和妻子走出来，一路上表情激动地说些什么。当晚的首席小提琴手是 Stefan Jackiw，韩裔美国人，我在 YouTube 上几乎看完了他所有的演奏视频，实际上他演奏的舒伯特不算是最好的，但是很奇怪，东方人演奏西方音乐时会有一种打动人的特质，他按照他的理解方式去诠释那个三百年前，只活了 31 年的年轻人，艾伯特也感受到了。我后来明白，艾伯特为什么能工作四十年，性格里依然保留着天真的成分，因为只要你还在为某些东西激动，你就依旧年轻。

我在 Burberry 又待了两个多月，找到了正式工作。临走最后一个星期，艾伯特把我叫到二楼的库房里，说："我今天要教你一样事情。"顿了顿，他说，"我要教你传统的 Burberry 风衣是怎么叠的。这个我从来没跟任何人说过。"他把一件米黄色的经典款风衣从衣架上取下来，给我看里面的格子衬里。"风衣的压纹线和印子是在衬里上打的，把它翻过来之后，沿着格纹把肩膀处凹进来。"英国人都这么做，他说。

他知道我压根没有一件 Burberry 风衣，也知道我根本不会买，但是他要把这秘而不宣的一点心得传授给我，以表达一个腼腆内向的人能表达的最大善意。我感动到说不出话来，又突然觉得惭愧。我不知道我在惭愧什么，可能因为我没有比任何人好多少，我也对他有着自己都不曾察觉的刻板印象，直到最后一刻才发觉。

回国之后，我上班的公司对面就有一家 Godiva，开在商业区二楼。有一次陪一个姐姐逛街，她特意上去吃巧克力冰淇淋，外头排了很长的队，人人拿着一个甜筒走出来，感觉非常甜蜜，事实上过于甜蜜。如果不出意外，其实我们这代人在哪里都会遇到差不多的东西。差不多的牌子，差不多的甜蜜，城市迫使我们直视它外表繁华实则苍白的一面。

冰淇淋店门口走过戴着手套，拿着清洁剂的阿姨。我每天能看见她们，楼道里，洗手间里，电梯里，她们穿着对于她们的身材来说过大的工装，走路习惯性低着头，避免和任何人对视，只注意脚下是否干净。每天面对面遇到，总是有点难过，他们都为人父母，孩子和我们差不多大，本来应该安度晚年，却仍然在异乡奔波。有天吃完午饭，我去楼道里扔垃圾，看见两个阿姨手挽手坐在楼梯口，亲昵地说着四川话。我突然意识到我看待他们的眼光，也许是艾伯特看待我的眼光，充满点到为止也仅此而已的善意。她们生活于其中的，是一个多少有点暗淡的世界，她们把自己好的那部分拿到这个世界，但是影响力真的很小，小到他人未曾察觉。好在她们也不试图证明什么，好在她们心中也有我们无从想象的画面，介于河水的蓝和田野的绿之间，介于此处和彼处之间，介于现在和未来之间。

捻灯忆吃：从悉尼到北京的日日夜夜

在悉尼上班的最后一天，我去中国城的四楼点了一份 7.5 澳元的香港云吞面，在嘈杂的人群中吃完了它。几个老外坐在对面的高脚凳上，娴熟地用筷子夹叉烧包，墙上贴着罗志祥悉尼演唱会的海报。临走时我照例看了一眼那家白人开的鲜榨果汁店，红绿青蓝紫的果汁躺在碎冰里，玻璃瓶上渗出细密的水珠，我低下头，知道这是最后一次有机会买它们，犹豫的一瞬间我走开了。

从美食城里出来，门口的日出茶太奶茶店外永远排着一列长队。街对面，几个白人老太太挎着花团锦簇的布包在等绿灯，身后是一家日式乌冬面店。不同于一街之隔的嘈杂油腻的美食城，斯堪的纳维亚风格装修的日本料理店里永远坐着西装革履的年轻人。他们大多在隔壁的花旗银行上班，每天中午只吃一点点沙拉或者乌冬面，永远不会去美食城点一碗越南火车头或者香港云吞面，因为怕弄脏自己的白衬衫。

悉尼叠加了太多细碎的私人历史，以至于我总觉得时间会轻率地漫过这座城市，淹没那些仅仅只有我在意的印记。可是现在闭上眼睛，我仍然能像《盗梦空间》里的女孩一样，创造出一个几乎一模一样的中国城。这个被三条马路纵切成三大块的建筑物宛若棕红色孤岛，被乔治大街和禧街围住，像一艘航行在大海中的轮船，既孤立又热闹，既无可探索又复杂宛若迷宫。八个黑洞洞的圆形拱门总是会在下午五点钟准时关闭，而游客们总能曲径通幽地找到其他入口，买到 80 澳元一双的假 UGG 和 3 澳元一盒的绵羊油。对面花旗银行的二楼就是我上班的公司，沿西走 30 分钟就是我就读的学校。在悉尼的某些艰难时刻，只要一想到中国城，我心里就有莫大安慰。

而其实所谓安慰，仔细想起来也都和吃有关。第一学期，我的摄影课考试差点不及格，放学后，我沮丧得不知道怎么就跟着同学走到了中国城。那晚同学兴高采烈带我去吃韩国自助餐，餐厅在中国城二楼极其偏僻的犄角旮旯里，每位 10 澳元，一进门就能看到料理盘里红殷殷的泡菜。烫着泡面头的韩国店主面无表情地看着眼前的亚洲男女来来回回把盘子装满。我努力吃完了盘子里的牛肉粉丝和鸡翅，眼神呆滞地看着同学第三次把盘子装满，最终，她发现我情绪低落，说："雅楠，我感觉你都瘦了。"这句话算是那天唯一的安慰了吧。

中国城东边的唐人街里也有两家几乎一模一样的美食城，只不过都是在地下一层，更加嘈杂油腻而已。一个有 16 澳元一份的牛肉铁板烧和午餐时段打折 9.8 澳元的炒乌冬面，另一个有两家西北面馆，可以往里面无限制地放辣椒和醋，没有人把餐盘规规矩矩放到回收柜里，也没有人下意识地低声说话。置身其中，永远有种身处国内的错觉。

在公司上班则是另一种错觉。坐在乔治大街冰冷的金属大楼里打字，拿着邀请函去 Rockdale 区庆祝新的 Commonthwealth 银行开张，一本正经地去新南威尔士当代美术馆采访艺术家，俨然让我有种步入另一个世界的错觉，而这种错觉也仅仅维持了几周而已。真正的工作时光是上午拿着出勤卡打卡，中午十二点准时去冰箱那里拿出饭盒，里面装着我的"杰作"——切得极厚的土豆片和肉店里 3 澳元一大堆的鸡翅。我把它们统统红烧，放很多的醋，在微波炉里转得时间长一点就会散发一股焦煳味。每天中午，我就坐在被格子间隔开的香港同事间把它默默吃完。

辞职之后，我在澳洲又待了几个月，除了把工作赚的钱订了去塔斯马尼亚、昆士兰、墨尔本的机票，然后就是零零散散不断往家里寄东西。真正要走的最后一周，我把银行卡里的余款都取了出来，取消了卡号，取消了手机号，退了房租，然后作出最重大的决定：去吃些以前舍不得吃的东西。

在悉尼上学的头一年，我每天给自己做三顿饭，最常买的菜是鸡翅，因为鸡翅便宜。红烧鸡翅、可乐鸡翅、鸡翅炖蘑菇、土豆鸡翅，猪肉就买超市那种明码标价搅成了肉馅的，偶尔吃牛肉。我没有进过海鲜店，每次路过总是坚定不移地走开，等最后鼓起勇气走进海鲜店的时候，才发现基围虾比我想得便宜太多，连龙虾和生蚝也没有贵得离谱。

我买了两斤大虾回家，放在沸水里蒸熟了，端着一个玻璃碗对着电脑开始吃。还没吃完一斤我就觉得自己完全饱了，剩下的那大半碗虾被我倒进垃圾桶里。回想起来不得不承认，有些欲望之所以被称之为欲望，是因为它没有被满足，就像人生中的很多东西，你只是单纯想占有，而占有只会让你更空虚，不会让你更完整。

我还去了唐人街的一家港式酒楼吃早茶。以前每次路过，我都会多看一眼站在酒楼门口穿着红色元宝领旗袍的引座小姐。她的头发高高地梳成一个髻，总是面无表情。我一直想，她的头发是不是扎得太紧，连表情都做不出来了？

她把我引上二楼，空间竟然不可思议地大，所有桌子全部都挤挤挨挨地坐满了人。戴着白帽子、白口罩的大妈推着装有一笼笼豉汁凤爪、流沙包、虾饺和萝卜丝糕的小车，灵活地在巨大的圆桌之间穿梭来去，用粤语问要不要添一份菠萝包或者虾饺。我的出现像是一个滑稽剧演员一样格格不入。吃早茶不是适合一个人做的事。

这里不是中国城的四楼，不是寿司店的卡座，这里是1997年后移民来悉尼的香港人大本营。他们在这里聚会，在禧街二楼的棋牌室里打麻将、交际、谈生意、相亲，他们之间自有一种辨认同类的能力和天然吸引力，但凡有一个陌生人出现，几乎马上就能辨认出来。我稍稍往前走了几步，突然有个人清楚地喊了我的名字："阿楠。"

我诧异地回头看，是公司的Tony和阿Ken。他们坐在我旁边长达一年，和我交流的次数寥寥无几，不是因为不想，而是因为我不懂粤语。我掩饰不住脸上的惊讶，几乎是惊慌失措地打了声招呼。他们站起来用生疏的普通话问我是不是来饮茶，我笑着点点头，说人太多了，下次再来，下了楼竟然五味杂陈。让我们彼此一直陌生的原因不仅仅只是时间，更是完全不同的回忆。可我依然觉得庆幸，终究有人记得我。

我在北京找到了工作，拉着只有两件换洗衣服的行李箱，住进了北四环边上的一间小房子里，第一天去上班就被地铁上汹涌的人潮挤懵了，感觉像是来到了《哈利·波特》里的九又四分之三站台，走出地铁口就进入了魔法世界：风尘仆仆扛着蛇皮袋的打工仔、穿着十厘米细高跟挎着LV的女郎、西装革履的年轻人全都行色匆匆。挎着菜篮站在公交车站等车的大妈对面，是烈日照耀下闪着金光的招商银行大楼，而远处的"大裤衩"弥漫在一片烟尘之中。

我被淹没在新工作汹涌躁动、变幻莫测、生机勃勃的特质里，对它的喜爱超出了我的想象，甚至让我忽略了极其糟糕的伙食。大多数中午，我们排着队在 24 小时营业的 7-11 里买放了太多酱油的盒饭。不论是买清炒藕和红烧鱼块，还是茄子豆角和麻婆豆腐，勾芡的浓汁都稠得像是在吃一锅粥，麻辣香锅里的辣椒和孜然多到挑都挑不完，一不留神就会咬到一颗，然后龇牙咧嘴地喝水。有一天，我们发现公司旁边开了一家做盒饭的餐厅，兴冲冲过去试了一下，结果发现所有的菜和饭都有种抵死不合作的硬汉风格，每一口都要努力才吞得下去。

每隔几天，我们就跑到外面吃饭，有时候是去离公司很近的另一家外企餐厅，有时候会穿过一个脏兮兮的桥洞和垃圾站，去一家叫"××一号"的馆子。那是一个类似于城乡结合部的所在，马路上尘土飞扬，交通工具开始从汽车变成拖拉机和摩托车，时不时会有人拉着一板车塑料瓶和纸箱呼啸而过。

沿着土路走到一家不起眼的圆形门洞口，推门进去，院子中间有一棵老梨树，四周是厢房改造的饭厅，里头黑漆漆的，但依然能够看到桌上形迹可疑的污垢和黏糊糊的木头面儿。菜单是一张手写的外面贴了玻璃纸的页子，同样黏污不已。

我们喝着酸梅汤，从堆积成山的辣椒和辣椒油里奋力扒拉出一点点小鸡块和鱼片，吃得脑袋昏沉，脸上浮现无神的笑，胃渐渐坠下去。推门出去，满院子吃饭的人，坐在梨树下的那一桌眯缝着眼睛，不仅要撵出辣椒，还要捡掉碗里、桌上、身上的梨花花瓣，春天的热风吹过来，花瓣拂了一身。

周末也会在望京的各个馆子里打牙祭，豪情万丈地说要吃遍驻京办，呼隆隆的一大堆人打了几辆车过去，不论是分量极小的台湾菜，盘盘碟碟堆满桌的韩国料理，还是清淡的杭帮菜，几乎都是盘子刚上来就一扫而光，动作慢了根本吃不到嘴里。

四年后，我离开了这家公司，但仍然和同事们常聚。其实大多数饭局依旧是模糊的记忆，永远记不住吃了哪道菜，对面的人说了哪些话，但这些根本不重要。因为在这里，我不会再有在悉尼时只专注于吃的时光。

英国女飞行员马卡姆曾经说过一句话："如果你必须离开一个地方，一个你曾经住过、爱过、深埋着你所有过往的地方，无论以何种方式离开，都不要慢慢离开，要尽你所能决绝地离开，永远不要回头，也永远不要相信过去的时光才是最好的，因为它们已经消亡。"

人们很容易被离别的伤感迷惑，因为并不是每一个人都有真正的勇气诀别。想到马卡姆的这句话，我想我们还是要往前走，正如所有人都在往前走。生活当然可以按照它原本的轨道永无止境地运行下去，可如果你不想只看到这个世界的局部，就得准备好迎接下一次别离。

住在玻璃里的人

2015 年春天，爸爸妈妈去台湾玩，问我有没有时间一起去。他们知道我一直想去台湾，台北文创区和高雄美术馆里的 Escher 展我提过很多次，当然还有不得不提的诚品书店和士林夜市的蚵仔煎、麻薯、草莓冰，结果因为工作无法同行，我提醒爸爸给我带一本哈金的《自由生活》，英文中文版的都行。

第三天我接到电话，妈妈刚从一家教堂回来，她告诉我，台北的房屋古旧温馨，夜市里的每一种小吃都太甜。电话那头的电视机开着，我听见马英九或者宋楚瑜在谈"台湾大选"，频道换了一下，一个温柔的声音在推销 9999 台币一套的健身仪器。

爸爸帮我买了书，可那本书到底没有过得了海关。从香港飞上海的安检口，他拿着书一边走一边看，安检人员瞥了一眼书里的繁体字，连书名都没看就直接没收了。我心里觉得可惜，但是没有特别遗憾，我早就有了《自由生活》的电子版，把 2600 多页的 Word 文档坚持看到了最后，也知道这个故事的结局。主人公武男的生活就像是那本遗失在机场里的书，处在一个介于停留和离开的空间里，但是他们到底找到了自由，一种超越语言层面的自由。

在悉尼的那几年就像是这本书里写的一样，处在没有确切边界的状态里，每天都有全然不同的生活，可又拿不准要用什么样的姿态面对它。

一开始，我住在 Kogarah 区的一个上海人家里，那是一间感觉遇到暴雨大风随时会倒塌的木头房子，屋外杂草丛生，屋里木地板裂缝大到能掉进去一串钥匙，晚上有老鼠光临我的书桌，吃掉忘了封口的巧克力饼干。房东约莫五十岁，上海人，对人有种疏离和冷淡。他在 Rackdale 区一家中国酒楼后厨帮工，一周工作四天，剩下三天关在自己房间里看 Chanel 11 的《减肥达人》和 *Master Chef*，有一个处在分居状态的老婆和一个不会说中文的女儿。女儿一两周过来一次，吃他做的中国菜，用英语和他吵架，吵完若无其事地在客厅里哼歌，嗓音很好听。

作为一个安静的租客，每次放学回家我都默默把门关上，想聊天就和隔壁房间的小宇出去，沿着 Kogarah 美丽的缓坡探险，走一个小时就能看到悉尼海岸线，回去的路上还会经过一片安静得让人忘了呼吸的森林。

我一周五天有课，课业压力很大，老师性格各有不同，教英语文学的 Annie 四十多岁仍然极其优雅，举手投足间有股神秘的安谧气质，长相让人想到《纸牌屋》里的克莱尔；教视觉艺术的 Alison 很有才华，曾经得过澳洲电影学会的奖，不厌其烦地跟我们诉说她的老公和继女；可我最喜欢的是教媒体道德的 Samantha，她能叫出我的中文名字，说到很多种族歧视的案例都会动情落泪。

就在我到悉尼半年之后，Samantha 准确叫出我名字的那一刻，我突然明白为什么之前会觉得有种轻微的不适感。原因很简单，我不知道我大部分中国朋友的中文名。这种不适感是一种幼稚的念头，一种因为剥离原生语境而导致的抵触。

我渐渐适应了这种状态，适应了名叫 Alan 的四十多岁天津新房东从 Burwood 开着大卡车亲自过来，把我和小宇不多的行李搬到他那间宽敞明亮、铺着奶白色地毯的大房子里；习惯了另一间房里叫 Rita 的姑娘每天凌晨一点出去，早上八点回来；习惯了班上唯一一个香港人只用英文跟我说话；习惯了上学路上和所有晨练的老外打招呼，微笑着说一句早上好，当然也只是这么一句早上好。直到有一天回家，屋里住进来一个台湾姑娘，她叫其惠。

她来自台南乡下，父母在安平渔港打鱼，开一家卖鱼的店。她从小帮父母干活，晒得黝黑油亮，胳膊和小腿肚非常结实，个子不高，一米六出头。初中毕业，她念了一家技术类学校，交了一个在机车店打工的男朋友。进入社会后，她想看看外面的世界。台湾有针对一定人群的打工签证，通常都是一年。她申请了打工签证，先在新西兰一家农场里干了两个月的挤奶工，然后来到悉尼，跟房东签了半年合同，住在我们这栋房子花园里一间临时搭的玻璃房里。

那间玻璃房根本不能住人，两面贴着墙，另外两面用钢化玻璃封上，门是刚刚装上的铝合金门，一拉就左右摇晃，白天屋里极其闷热，晚上又会很快降温。她的床几乎就是两张床垫垒起来的，掀开床单，最上面一块床垫已经发了霉，发出一股塑料被烧焦的味道。我有一次跟她说，这儿不能住人，不安全，别人从车库那里直接就能进到花园。她立即大笑，说："比这破的房子我也住过，没事啦！我在新西兰农场挤奶的时候，几乎就是每天住在帐篷里，连锁都没有。这里已经很好了。而且玻璃房好便宜，房东才收我一周 80 澳元。"

我不知道该说些什么。其实所谓安全，对于租房子的留学生来说就是一个伪命题。把房子租给留学生的房东不会住在这里，四个房间住四个学生，每人都有家里的钥匙，作息时间各不相同，有人半夜一点出门，有人凌晨四点带陌生人进门，都是必须习以为常、视而不见的事。即使我在住进来那天就要求房东给我装了两把锁，但是那种不安全的念头永远挥之不去。好在那时候心思粗，没觉得是多大的困扰，但是看到萁惠那间四处漏风的玻璃房，我默默地想，自己上学打工吃的那些苦也许根本算不上什么苦。身处异国他乡，我们太容易放大自己的一些经历，直到有人把你推进一间玻璃房，直到有人告诉你，她连续两个月睡在露天帐篷里。

萁惠在悉尼以西 18 公里的 Paramatta 区一家工厂里找到一份压制唱片的工作。她每天早上五点起床，坐一个小时的火车，再走半个小时，换上工装就是连续七八个小时的体力劳动，下班后去 Wooworth 超市里面买打折的蔬菜和肉，回到家通常已经是晚上九十点钟。我渐渐习惯了晚上躺在床上看书时，听见车库门响，就知道是萁惠回来了。

我和萁惠迅速热络起来，就像任何感觉气场相同、性格相同的女孩一样。拿来形容她的话太多：无忧无虑、好奇、直率、自然，我记得最清楚的是她的笑，忽而解颐，笑个不停，特别有感染力。她会用各种各样便宜蔬菜做好吃的。比如把茄子和火腿夹在一起，放在烤箱里面烤；或者洗一些粉丝、木耳、蘑菇，用一澳元一大袋的汤料做蔬菜汤。

周末，我们一起去悉尼附近的小镇摘橘子、摘樱桃，坐火车去 Bondi 海滩晒太阳。人们几近全裸躺在沙滩上，金发碧眼的小孩跑过，我们漫无目的地说着各自的故乡。我对于台湾的最初印象经由她的讲述建立起来，闭上眼，就能想到台湾那来自太平洋的风，感受到空气里的热度，强烈的鱼腥味，沥青融化的味道，以及穿过茂盛岛屿犹如缎带般笔直的路。我也告诉她我的家乡，微雨的小城，放鸽子和猴子的老人，被春雨泡得发起来的红土，熙熙攘攘的小街。

　　家乡的一切都是那么稀松平常，平凡到不值得去讲述，但是我们心里清楚，在悉尼，在她工作的地方，在我上学的地方，每天大家彼此周旋，每个人都默默藏起一个私密的世界，而当家乡的名字想起，毫无缘由地，这个世界又会回到你身边。科尔姆·托宾在《布鲁克林》里写了一个远离家乡到纽约工作的爱尔兰姑娘。这本书我很早就买了，亲眼看着它被改编成电影，搬上大银幕，饰演爱丽丝的西尔莎·罗南被提名为奥斯卡最佳女主角。事实上我觉得她演得很一般，打动我的永远只是这个故事：一个姑娘远离故乡，她微不足道，什么都没有，像个鬼魂，可是一想到故乡，她就有种真实感。空气、阳光、土地，实实在在，是她无法被割去的一部分。这种不足为外人道的情愫，只能经受短暂而心照不宣的分享。

　　半年后一天晚上，其惠告诉我，前几天的半夜，房东开车过来，径直到了花园外头，敲她的门。当时她已经上床睡觉，还以为要收房租，就麻烦房东明天再过来。房东说，只要让他进去，以后的房租就不用交了。

她立即拒绝了。房东，那个四十多岁，看上去从来都和气友善的男人在门外站了一会儿，悻悻地走了。其惠考虑了几天，决定告诉其他女生，提醒我们注意安全。

一个星期后，其惠搬离了那座玻璃房，这让我大大地松了一口气。房东收其惠这么便宜的房租，有其龌龊不可告人的目的。而我也知道，即使其惠一开始就知道这件事，她也不会在乎，因为她不害怕，也不忧虑，她不去琢磨别人，也绝不从恶的角度去看一个人，不管这件事情发不发生，她依然信任人，因为超乎想象的事情几乎天天都在发生，选择权却永远在自己手中。可以对房东的要求说好，也可以说不，关键在自己。可以任由眼前的世界像弥漫白雾的双层玻璃，也可以把它擦干净。

我们可能都不会在一个地方待上很久。心理层面上，我们永远身处北京，却向往有温柔口音的台湾；身处国外，又想着国内志同道合的朋友和自由自在的生活。城市是属于一个人的私人印迹，也是唯一真实的印迹，所以不管待在哪里，都要好好待在那里，因为你不知道自己还会待多久，唯一确定的是，你可以拥有属于自己的记忆，你也可以做一个不站在玻璃后头的人。

深渊与深渊之间

人生中的第一次单人旅行来得有些晚。22 岁生日刚过，南半球的六月已经渐渐入冬，同学们忙着打工，写毕业论文，悉尼的享乐气氛逐渐冷却下来，显现出平和安静的一面。我快要毕业，在悉尼北湾的四川餐馆打工也攒了些钱，想坐灰狗大巴把澳洲绕一圈，然后坐飞机去最南端的塔斯马尼亚。

一旦离开城市，驶往茫茫平原和海岸线，就会立即发现这片大陆是如此人烟稀少，天空像一个巨大的空洞直立在公路尽头，路上连一丝烟尘都见不到，绵羊和奶牛因大巴的飞驰而显得静止不动，如凝固的点点冻云降落在金色草原上。每一片望不到边的绿野中间都矗立着一棵低矮的老树，沉浸在无声的稳定感中，让人觉得自己是一个入侵者。

坐灰狗大巴的大多是澳洲中年人，度假或探亲，不赶时间，上了车就掏出眼镜和小说，不久便昏昏睡去。到了堪培拉市中心，大巴停下来休息，两个看上去四十多岁的中国人走过来，一开口就是两句上海话，我愣神的瞬间他们明白我不是上海人，扭头走了。后来在塔斯马尼亚，我遇见同样的情境，只不过这次是一个韩国学生过来问路。越是陌生的环境中，人似乎越需要身份认同，防止自己的存在感迅速流失。我也不喜欢这种独自一人的感觉，只不过不愿表现出来。

旅程快到中段墨尔本的时候，我的不适感达到顶峰。一对美国背包客永不停歇地喧闹和争吵，速食店里冷掉的汉堡和旅馆高昂的住宿费，墨尔本阴郁的雨天以及骤然下降的温度……我无数次想，要不回悉尼算了，幸好巴士旅程很快告一段落。到了塔斯马尼亚的首府霍巴特后，恬静的海湾让不快感一扫而光，空气充满冷牛奶和盐的味道。站在海湾边上，会觉得这里船比人要多。著名的亚瑟港是流放英国罪犯的大监狱，却宛如中世纪城堡遗址一样美丽。沿着霍巴特的海岸线游览时，潮水退去，密密麻麻、千奇百怪的嶙峋礁石露出来，我突然感受到那些罪犯来到这里后巨大的孤独。美有时也会成为深渊的一种，如果它无法变成家那样的归宿。

从澳洲回来后的很长一段时间，我对这段旅行的感受都是模糊不清的，它给我的不适感大于新奇感，我比我自己想象得要耐不住寂寞。可是我不再害怕一个人独行，它开了一个好头，今后不得不一个人出差的时候，我不会觉得慌乱。再后来，在经过数次单人旅行后，我发现一个人上路给予我的竟然是安全感——既然路上的动荡旅行不过如此，那么看似静止不动的日常生活也不需要一个锚来稳固住，比如房子，比如存折数字的保障，生活中必不可少的锚，应该只有情感才是。

2016年年初，一个在美国待了七八年的朋友回国探亲。七年前，他先是在马萨诸塞州读研究生，然后在那里打工。他学的是物理专业，毕业后找不到工作，于是自己啃IT的书，在纽约一家公司做后台系统维护。做了不到一年，金融危机爆发，公司裁员之后他又去了一家建筑公司。期间申请了两次工作签证，每次都轮不到他，他归结为运气不好以及印度上司的处处刁难，于是跑到加州一所学校下挂名，以学生身份留下来，然后继续找工作申请签证。无数个黑夜，他独自一人开着车，从西海岸的加州一路开到东海岸的纽约，从宾夕法尼亚州再到佛罗里达州，他开玩笑说，每周开车是"福建到北京的距离"。

在纽约的三年，他没有去过一次美术馆或大型公共场合，后来两年的辛苦奔波途中，他没有一次停下来欣赏一下路边风景。有一天下午，太阳快落山时，他开车经过犹他州，被眼前壮观的峡谷震撼，之后念念不忘，心想今后一定要再去一趟。我问他为什么当时没有停留，他说："只有我一个人。"

　　他在美国那么多年，什么苦都吃了，只要能找到工作什么都肯学，唯独没有学会享受独处。过了很久，他深夜在北美洲的公路上疾驰的景象还会时不时出现在我眼前，那感觉更像是在逃离什么，如同美国作家保罗·奥斯特的小说《偶然的音乐》里写的离婚男人纳什——穷困潦倒的他在偶然获得一大笔遗产之后，辞去纽约消防员的工作，从东往西一路开车狂奔，他没有目的地，只是不想停下来。纳什在逃离失败的过去，而他在逃离不可避免的孤独。

　　单人旅行在十几天内最大程度地浓缩了一个人一生会遇到的所有不确定：居无定所，失去方向感，被迫面对内心，以及可能会遇到的未知的危险和机缘。我想，人们之所以渴望结伴旅行，不仅仅是因为安全感的缺失，以及害怕无人分享的寂寞，而是不愿意或者不知道敞开自己。

　　去苏州的 2016 年冬天是我辞职半年之后。其间找了一些工作，投了一些简历，在很多悬而未决的等待中，我突然想出去走走，即使这是江南最冷的时候，恐怕也是最不美的时候。我住在山塘街旁的一家小客栈里，因为淡季房价变得很便宜。至今难忘从山塘街站的地铁里走出来，打着伞路过新安桥时，往河里看的奇妙感觉。河两岸星星点点的小窗被浸润在糯黄的暖光里，船夫戴着宽沿草帽撑篙划过，桥上不时有小摩托车飞快地穿过，桥与人共振。我和几乎所有遇见的人聊天攀谈，在吴江路上一家外国人开的咖啡馆里，老板请我喝咖啡；耦园旁的巷弄里卖萝卜丝饼的大叔提醒我把包背在前面，太多次了——我遇见的都是善意。这些人一辈子也许只可能遇见这么一次，就像是两条船行驶在河里，靠近时互相打个照面，还没说话就已经走远了，但是他们不是你生命里可有可无的那一刻，你开始知道，只要你愿意敞开自己，你遇到的一定是一些奇迹。

画家陈丹青是古典音乐的发烧友，20世纪90年代，他从上海到纽约，格外孤独，格外不知所措，一个人躲在画室里画画，背景音乐是贝多芬、莫扎特、舒伯特。后来他独自一人前往欧洲旅行，觉得自己是去寻亲。在维也纳，诡异的事情发生了。他一个人来到旧城北端的 Molker Bastei 8 号，这里是贝多芬住了最久的地方，参观完贝多芬故居，他从昏暗楼道上走下来的那一瞬间，他突然想起俄国小说《罪与罚》里拉斯科利尼科夫犯罪后在楼道里藏匿的情景，恍然间觉得自己身处上海。那幻觉只有几秒钟，却让陈丹青明白，自己是在与少年时代的上海，少年时代的阅读，少年时代的自己相遇。上海哺育了他的欧洲想象，独自旅行让他重温旧时光。

陈丹青的老师木心也是一个极懂得享受孤独的人。他的孤独是细碎和完整结合在一起的，是每一次的深夜独自走在异乡街头的内心独白，是晚年返乡后孤独的盛大降临。我读他的诗集《西班牙三棵树》和《我纷纷的情欲》，读到的是艺术的片刻降临，情爱与欲念汹涌之后始终存在的孤独感，天才最大的天赋在于善于与自己独处。

美国作家保罗·奥斯特18岁时第一次离开美洲大陆，前往巴黎上学。在巴黎，因为和系主任闹翻，他旷课退学，几乎身无分文地在欧洲待了三个月。独自一人，过分的孤独让他在欧洲的最后两周变成一种纯粹的探索。他去了都柏林，住在多尼布鲁克一家带早餐的小旅店里，几乎没有和任何人说过话，每天只有寂寞无声的行走。"在芬尼克斯公园读书，沿着海滩去乔伊斯的圆堡博物馆，多少次走过丽菲河上的桥我都数不清了。"后来，他在自传《穷途墨路》里回忆道，在那两周宛如梦游一般的行走中，他经历了某种重要变故，是"某种催眠状态下与自我深处的相遇，似乎在那些形只影单的日子里，我第一次探入深深的黑暗，第一次见到了我自己"。

我不知道他到底经历了什么。恰到好处的孤独让人拥有清醒而独立的自我，然而过度的孤独却会改变一个人的性情，跌入自我之中。学者刘瑜曾经在一篇文章中说过："自我是一个深渊，它如此庞大，爱情不可填补。"是啊，爱情之所以伟大，是因为它可以遮蔽一个人存在的虚空，但凡有过与另一个人彼此理解的骤然一瞬，就能明白孤独多么漫长和不可忍耐。对大多数人来说，孤独都是深渊。

可无论如何，我们实际是一个人在走这世间的路，有些时候，有人陪你一起走，又半途离开；有时候，你加入别人的队伍，又慢慢脱离出来。孤独的状态不可逆，也从不长时间离席，我渐渐明白，生命是自发性的，我们对于人、情感、事物的了解来自自己并独自拥有。直面孤独，也许只有一个理由——我看到了自己的完成。

第三乐章

即兴的江南 ●

Impromptu South

巷子，小桥，水道，兴之所至，随意行走。在想象力和现实共同抵达之处，我看见江南不为人所知的性格，它们躲着人悄悄发生。只有即兴曲能让某些音符和音符相遇，我不想事先写下谱子，手指自有直觉。

苏州的冬天

从苏州北站出来的时候，天正飘着雨丝，穿了羽绒服和保暖裤也仍然觉得凉凉的，风从脖子梗和脚底下渗进来。地铁上人不多，一个小女孩跟她妈妈坐在我对面，在座位上爬上爬下，说着一口苏北话，尾音很重，有点像我们安徽口音。

从地铁里出来，天已经擦黑了，雨势略大了一点。我把伞撑起来，从新民菜市场门口的桥走过，桥下就是山塘河。河两岸的白房子里亮了灯，两艘载客的电动乌篷船慢慢开着，撑篙子的船夫顶着斗笠，站在窄窄的甲板上，手里握住短短一截竿子，手脚敏捷地将船撑过桥洞。人都挤在船舱门口往外看。

旅馆在山塘河边，推开窗子就是河。进了屋，脚跟没站稳，寒气就从四面八方冒出来，我用手捏捏床单，也是湿的。把空调打开，在下风处站了会儿才暖和过来。店老板手里捧着一碗菜饭走过来，倚在门口嘱咐我："小姑娘，晚上洗澡的时候提前十分钟把水龙头开放着，客栈人少，水热得慢哦。"

从客栈里出来不过晚上六点多钟，山塘街上只有零星几个行人撑着伞走过。从游船码头那里过了桥，往渡僧桥附近的巷子里漫无目的地走，巷子先是宽，然后窄，最窄处只能过两个人。时不时有人骑着小电瓶车披着雨衣从身边飞快掠过，鸣笛声短促轻快。

这些巷子里的民居经不起细看。江南雨水多，雨顺着圆弧形屋檐的缝漏下来，经年累月，墙上生满了大片大片的霉斑。纵向的霉斑漆黑，氤氲着墨绿淡斑，四周的墙皮也纷纷脱落，露出内里灰黑色的砖块，整个墙面像是一幅没有完成的拼图。我站在屋下往上看，竟觉得这房顶高不可及。

小时候住在淮河边上，家家户户都是水泥平房，厨房是红砖砌的小房子，没有窗户，盖在平房对面。五月中下旬是梅雨天，就一直这么淅淅沥沥地下到八月底，冬天到了腊月也会有一段时间下冻雨，再加上经常在屋里生炉子烧水，天花板上、床边挨着的白墙上都生出一片霉斑。晚上关了灯，透着天光，我喜欢看霉斑的形状，有时候像只老虎，有时候像只鸽子。雨下得多的时候，河水涨起来，流水汤汤的声音让人安心。现在看到苏州房子的霉斑和水，只觉得特别亲切。

往渡僧桥下塘里走，巷子非常长，小卖部、小理发店、蒸馒头铺子曲径通幽，从门外往里看，院子极深，怕要四五米才到天井，长长的过道里堆满了破纸箱、酒瓶子、生了锈的自行车和落满灰的蛇皮纸袋。有老人站在门口聊着闲话，屋里锅铲炒菜的声音远远传过来。巷子和巷子的交界口，是比较宽敞的一段十字路口，正中间往往是一个垃圾倾倒处，被造成一个长方形，上面开一口，方便居民把垃圾扔在里头。

江南下雨的冬天，天是不会暗的，而是透着一种云头纸的毛毛的白，在吴冠中的画里经常看到的就是这种毛白，所以走在巷子里也不会觉得害怕。往更深的巷子里走到一半，我回头看，两个挎在一起的女子边说话边走在我后头，不久就听见小电瓶车"哔哔哔"的声音。这是条两人宽的巷子，我立即侧了身子贴在凹陷的木板门上，两个女子却稍微往后瞥了一眼，若无其事往前走，超过了我。三辆小电瓶车即将撞到她们的一瞬间，一个女子灵巧地往前面一闪，电瓶车也一侧轮，避开了。

不知道走了多久，前面豁然一亮，巷子宽了起来，到了渡僧桥下塘的弄口。鹅黄色的暖光打在案板血淋淋的牛羊肉上，两三个居民站在门口跟老板还价。一家小卖部紧挨着肉店开着，保温瓶内胆挂了一整排，里头一对看店的老夫妻低着头打牌。两个女子还是在我前头不紧不慢地走着，她俩都穿着薄薄的小袄，纱裙短短的盖不住膝盖，七八厘米的高跟靴子脆生生地打在青石板路上。

看清她们的那一瞬间，我才确定自己回到了南方。这是四五年前的我们吧。宁愿被冻得鼻青脸肿，还是要在高领毛线衣、保暖内衣内裤外头套上有腰身的小棉袄、短裙和靴子，任由江南刻骨入髓的冰冷浸透身体里每一个细胞。小时候受惯了冻，熟悉长满紫痂的冻疮和半夜醒来脚底无边无际的冰冷，也熟悉总烤着湿袜子的暖汀和怎么下都下不完的雨，所以不害怕度过一个又一个冬天。这是我的南方，脏脏的南方、清冷的南方、飘着雨、亮着灯的南方。

我已经在室内温暖如春的北方度过了第五个冬天，可以光着脚在开地暖的木地板上走来走去，在结着冰凌的玻璃窗边看书，在零下几度的冬夜披着一件巨大的羽绒服到小区楼下吃烤羊肉串。我心安理得地享受这一切，不再担心深夜里突然有脚心一凉的时刻。

五年的时间看上去不长，我却怀疑再也回不去南方的冬天。每年回家过年前都要做好充足的心理准备：会不会一直下雨，电暖汀还能不能用，热水器里的水烧得够不够，可还是义无反顾地回去，学会端上桌的菜在半小时内迅速吃掉，学会清冷的早晨在被窝里穿好内衣、毛衣和袜子，学会把墨水放在暖炉上烤一烤，否则就会板结成墨片。人长大了，仍然要重新学习小时候早已习惯的事，但我怀疑我从来没有远离它们。清新的河边空气，永远不会放晴的阴天，青石板上嗒嗒的皮棉鞋声，这些记忆的刻痕比我想象得更深。

北方人恐怕不懂那些只有南方人才心领神会的词，比如杀猪水、冻蝇天。听上去都有点低俗，但亲切得很。冬天，我们时兴去澡堂子洗澡，哪家澡堂的水烫，洗得就痛快，小孩子经常被搓澡的大娘搓得鬼哭狼嚎不止，从澡堂子里端着脸盆走出来的人，脸都红彤彤的，十个手指泡得皱起了螺纹圈，大腿和胳膊上搓得全是红印子，周身散发一股热气。我们把这冬天的洗澡水叫杀猪水，水一定要烫得能杀猪，才能把身体里积蓄的寒逼出来。

冻蝇天指的是南方冬天的艳阳天。本来，冬天里蚊子苍蝇之类的小生物几乎都死绝了，清冷潮湿的空气里一片肃杀，可要是哪天出了大太阳，家家户户的窗户、阳台上一定有苍蝇在搓着腿。大家都把被子枕头抱出来晒，老人孩子们也都要出来晒晒暖，因为连冻蝇都出来了。

回到山塘街的主街，沿着南北向的北浩弄往北走。天色从毛白变成了橘红，市内的路灯亮起来了。北浩弄比僧渡桥下塘的小弄要宽阔一些，沿河盖的是些新楼，虽然同样都是粉墙黛瓦，但白的更新，墙缝里长着一些小杂树和蕨类。街西边的房子破旧些，路边开着冷饮批发部兼废品站，白亮的灯晃人眼，门外堆着两米高的破纸箱。旁边一家也是卖废品的二层小楼，楼下亮着灯，上层昏黑一片，晾衣架上孤零零搭着三四双袜子。楼外空地上，一人高的白麻袋里装满了塑料瓶和酒瓶。街对面是一家棋牌室，推麻将牌的声音不大不小地传出来，从外头看得见里头热闹喧嚷的欢乐。

过了棋牌室，路上又安静了。我沿着街东侧走着，前面一个岔路口对着宽阔平静的山塘河。从岔口进去，看见一个小亭子，亭子里扔着一张没有垫子的两人沙发。旁边有一方小小的石井，我伸头看了一眼，深不见底。亭子东边几米处就是山塘河了。走到河边，流水汤汤，对岸也有个人在慢慢地走着，看不清人脸。

来之前听人说起"七里山塘"的胜景，恐怕不是这条河本来的样子。夜晚无人时，它不是江南原野上常见的"野渡无人舟自横"的小巷小汊，也不是"江南人家尽枕河"的水巷，它就是一条自由自在的河。风吹过来，我又把脖子往羽绒服里缩了缩，觉得非常快乐。

在外头走了两个多小时，直到手机提醒我超过十公里，才意识到应该回去了，回到那个靠着山塘河的小客栈去。坐摇橹船游河的人经常觉得住在河边很有诗意，实际上临河的民居房子很不舒服，夏天蚊子多，一不小心就叮到腿上，冬天阴冷潮湿，衣服永远干不透。

　　我烧了壶水，灌了个小热水袋，趁着烫手的劲塞到被窝里。想到小时候的冬天，上床是一场漫长的煎熬，要等热水袋把被褥稍稍烘暖了，才泥鳅一样地滑进去，努力把被子三边掖得严严实实，可始终还是抵不过睡到半夜，猫咪悄然从床尾拱进被窝。睡会儿它要换气，又从床头拱到床尾，来来回回折腾好几回，我就在窸窸窣窣声中睡过去，就像今晚，冬天的山塘河边，听着雨声和河水声昏昏沉沉地入梦。

　　晚安。江南的冬天。

市井与闲话

苏州的早上是从水里开始的。水是从声音里活起来的。小筏子划水是鱼扎猛子的甩尾声,采莼菜是手被蜜蜂蜇一下的嘶啦声,挑水是竹板敲打青石路面的撞击声,雨落是手按在皮肤上的闷声,水把各种各样的声音吃进去,却极安静,然而万籁有声,借着河水生出悄然而深微的呼吁,告诉鸭子、鱼、浮藻、人,天露白了,水要活起来了。

推开窗户,几个裹着头巾、穿着花棉袄的老婆婆用竹扁担挑着一篮篮菜走过去;捕鱼的筏子上站着一个十八九岁的少年,跟桥上的男人打招呼;卖鱼的住户从八字粉墙下的青石板走到水边,手里端着一碗青菜拌饭,咀嚼着,出神地看着咫尺之外墨绿色、散发淡淡鱼腥气的水面。

河水遮住了一屋之隔的菜市场的喧闹声。我从床上一跃而起,洗漱完,门一推,融入山塘街菜市场的洪流之中。

胖墩墩的冬笋 5 块一斤，小青菜 1 块钱一抓，刚从油锅里炸出来的玫瑰猪油年糕 8 块一斤，刚从树上摘下来的毛栗子不剥壳 6 块一兜，眼睛血红的小鲈鱼 15 块两条，竹筐里乱爬的河蟹 30 块一斤，竹篓里乱跳的河虾 23 块一斤，小鸭子全都放在浅扁的铁笼里卖，一路走，一路啾啾叫。

炸藕的、烤鸡蛋糕的、杀鱼的、卖棉毛裤小马甲的，人挤人人挨人，却都不慌不乱，卖荸荠慈姑、山药芋艿、薏米鸡头的老太太都坐在石桥上，一个挎一个，一个挨一个，满眼靛蓝，满眼青绿，满眼中国画的用色——赭石是河蟹壳、花青是小青菜、藤黄是鸡蛋糕、朱砂是没剥的鸡头米、石青是打鱼人家身上穿的小袄。

我在菜筐、鱼摊子面前打混，看买菜的人泥鳅一般灵活地穿来穿去，上学的小孩坐在自行车后头，手里捧半个糯米糕，终于感觉胃里抽筋一样地紧了起来，钻到一家小吃店里。

小吃店门脸儿小，肚子大，老板娘烫了一头卷发，坐在门口低头算账，见客抬头，眉眼是南方人的秀气，身上衣服撑得紧紧的，身子骨很厚实，边收钱边和店里蒸包子、盛糯米红枣莲子桂花粥的阿姨们聊天。

刚落座，来了四个中年人，两男两女，穿得胖鼓鼓的羽绒服，男的对女的说："侬别跟我抢哇，今天早饭我做东，不好让你们家老王一直破费。"女的撇嘴笑:"啊呀啊呀,不就两碗泡泡小馄饨嘛,搞来搞去的!"四个人在门口看看招牌:"来两笼虾仁小笼包,四碗豆花,要甜的噢老板娘。噢,再来一碗爆鳝咸肉面。"

说话间,一个三十多岁,头剃得露出青头皮的男子一只脚跨进来:"老板,要碗豆花。十分钟之后过来坐。"女老板跑出去说了会儿话,跟蒸包子的两个阿姨嘀咕:"早上光吃豆花还那么有劲,一天几十里路,真是练过功夫……"

面师傅被几口热气腾腾的钢筋大锅和面板团团围着,把头从玻璃窗里伸出来:"我也练过功夫,人家白天下功夫,我的功夫留到晚上用……"

蒸包子的阿姨们一阵窃笑。老板娘盯了他一眼,不紧不慢晃到柜台后面。面师傅眉眼细长,国字脸,腰微微佝偻着,骨架很大,说话却十足的南方腔调。我也偷笑一下,低头喝汤。

两男两女的虾仁小笼包好了,矮墩墩的蒸包子女师傅把蒸屉端过去,碟子一字摆好。

"你们这里吃小笼包连个姜末都没有的呀。我们上海吃小笼包都有姜丝哇。"不满的声音冒出来。

"有的呀,姜有的,好些客人不喜欢吃姜,我们就不放。老张,给上点姜末。"老板娘勾着头在柜台后面发号施令。

面师傅喜气洋洋,用两只手指捏着一碟切好的姜末端过去,然后晃晃悠悠靠到柜台上，老板娘理都不理，他又笑眯眯地晃到我坐的四方桌旁边，款款坐下来，用两只手抵着下巴，老僧入定一样看着我吃早点，看得人心虚。我抬头冲他笑，他眼睛弯起来："姑娘蛮能吃哇，小笼包，鸭血粉丝汤，莲子红枣粥，你哪里人呀？"

"安徽人。"我嘴里塞了半个包子，边嚼边说。

他眼珠子一转，点点头："安徽哪里人？我说你长的也不像北方人嘛。吃的倒跟北方人一样多。"

"你是哪里人啊师傅？"我说。

"你看我像哪里人。"他来劲了，让我猜。

"我听你口音是苏州人吧。"我也搞不懂，装模作样地说。

"我哪里是。"他反而开心了，一仰头整个人靠到椅子后背上，"我老家甘肃的，不过我来苏州十几年啦。苏州不行，冬天站在地上冻得跟狗咬的一样。"

"老张，过来吃早饭！"几个面点师傅干完了活，张罗着在厨房里吃早点。

"有没有粥的呀，我要喝粥！"他对着厨房喊。

"还喝粥，你要求蛮多的呀！小杨，明天给他烧一锅粥，让他一个人喝，喝不完不能走！"老板娘突然从柜台后头冒了出来，脸上有一点点笑影子，看不出是真生气还是假生气。

"光喝粥我可没力气干活的哇。"面师傅抬起头对着老板娘说。

"就你要求多！人家不做粥你就偏偏要喝粥，人家不做面你就偏偏要吃面，就你和别人尿不到一个壶里去！今后这一个星期光给你喝粥，喝死你！看你以后还喝不喝粥！"老板娘揣着手，绕着店里走了一圈。

"好好好，我喝粥，我喝还不行哇。"面师傅站起来，直挺挺走到玻璃罩子后头。一时间店里很安静。

老板娘噗嗤一声笑了，用苏州话骂了一句方言，空气又暖和了。大家继续说笑。

吃得我涕泗横流，身子暖和了许多，抬脚准备走，老板娘喊我："小姑娘，别走，你过来。"我不知道什么事，跑到柜台前头，老板娘拉开抽屉，捡出一张五块钱，拍到柜台上，"你一连三天都来我家吃早点是吧？来，这五块钱你拿去。没事的。"

我下意识地扭头看了看面师傅，他站在玻璃罩子里，一边拉面条，一边冲我眨了眨眼。我乐不可支，开心地跟老板娘道了谢，走到外头乱逛起来。

出了山塘街，走一会儿就到了阊门遗址，一直往东走，有座水泥桥，桥堍小店里开了一家生煎馒头店，往里瞅一眼，还卖豆浆和甘蔗汁。本来很窄的街巷，两边摆满了贩摊，卖活鱼鲜虾、炸肉圆子、蒸馒头，热闹得很。

我盯着看了会儿，临时起意，拐到向南一条还算宽的街巷里，看路牌叫南新路，有推着板车、拉着破烂的老大爷进进出出。进去走了不久，就发现原来是条废品回收站的路，里头停着三辆巨大的垃圾车。本想绕回头，转念想把这条街走完再转回来，于是继续往前走，看到了连着的四五家发廊，每个门口都坐着一个姑娘。

她们穿得很少，露着白白的大腿，眉目点到为止，脸上覆盖着晚妆，正对着路面坐着，低头玩手机。我默默走过去，心想这才是一座城市完整的样子。苏州没有试图对人掩盖它的另一面，它似乎也无所谓被人看见，尽管隔着河的对岸就是万人码头。

回到阊门遗址往东走，没走多久就看到一座不起眼的小桥，过了桥就是泰伯庙。我站在桥上发了会儿呆，沿桥人家的阳台上都摆了些破盆烂缸，里头种着葱蒜，还有一些不知名的草，我问旁边转保健球的老大爷，那些盆里拉拉杂杂的是什么，他饶有兴致地说："车前子，晓不晓得哇？治老年痛风的。那个紫莹莹的叫乌头。好看吧？"我点点头。想起小时候放了学，喜欢买一块烧饼，在淮河边上走。遇见打鱼种田的大爷就停下来聊天，现在长大了，小麦、水稻、土豆、芋头一类的植物倒还分得清，再细的就不行了。

自西向东，走过了西中市、东中市、白塔西路、白塔东路，就到了平江路。苏州的街巷很深，大多横平竖直，好走好认，路面上的房子、树杈子上挂满了内衣裤、袜子、腌鱼腌肉，迎风招展，感觉无所谓别人窥探自家隐私，满街小电动车游鱼一般穿梭自如，对面有车也不让，临到头让人看得心里捏一把汗。

走到平江路，我拐到耦园旁的一条街巷里，望着河歇脚。远处慢悠悠过来一个推着车的中年男子，精瘦、结实，在不远处搭了锅，摆了铁丝架子，摊开菜盆和面盆，用一双细长的筷子炸着什么。我坐着没动，过了会儿，阵阵食物香气飘过来。我走过去，看牌子上写着"萝卜丝饼，五块两个"。我掏钱买了两个，大叔看看我，说："姑娘，包背到前头，否则容易被偷。"我把包反背过来，有一搭没一搭跟他聊。

大叔说，让我三月再来苏州，说："三月你再过来，江南最美的时候，苏州郊区有没有去过呀？西山、东山，夜里有夜鹞子鸣啾啾地叫，满山树叶招摇，桃花梨花开得铺天盖地，我老家就在西山，你去那里看看，包你住下不想走了。"

我眯着眼睛向往了一会儿，想到唐寅的《桃花庵歌》："酒醒只在花前坐，酒醉还在花下眠。花前花后日复日，酒醉酒醒年复年。不愿鞠躬车马前，但愿老死花酒间。"嘴里的萝卜丝馅儿咬下一口，冒着热气儿，我也跟着晕晕乎乎了。

离开平江路，原路返回山塘街，只觉得两只脚沉得像铅，越走越走不动，但又禁不住喜欢看这热热闹闹的街巷，只能不住嘴地吃，保存体力。快到小旅馆，看到旁边开了一家采芝斋，忍不住嘴馋，捞起一个篮子就往里头捡。店老板笼着袖子站在大厅中央，一副泯然众生的样子，看着一拨年轻大学生买零嘴吃。学生还是年轻，什么都一抓一大把，走到粽子糖跟前，老板忍不住说："这个多买点哇，你们大学生应该知道那个苏曼殊吧？写诗的和尚，吃我们苏州的粽子糖一吃几十包，把嘴里头的金牙都敲下来换糖吃。"

戴眼镜的女大学生抬起头，一脸茫然："他是我们广东人吧，不是因为吃糖吃太多，被甜死了吗？"

老板噎住了，过了几秒钟说："瞎七搭八，哪里讲他吃糖吃死的？还有，不是让你们一下吃十几包，那是照死了吃！多买些回去送人嘛。"

我忍住笑，买了盒袜底酥，边吃边往旅馆走，想着今天走过的所有街巷，还有什么能比这些街巷里的市井闲话更有趣、更亲切的呢，我真的想不到了。

一个人的园子

我爷爷喜欢画画。家里有几部画册书籍，几幅手卷，几张小画，都是通常的廉价东西，鸿儒不算，白丁也不是，算起来，是个市民里的小文化人。我记事起，他就爱给人家画画，到处画，别人看了不要的报纸也都攒起来，写毛笔字。写完一张放在旁边，晾晾干，反过来写，墨淡了，还能在上面写一层。

二十年前，画画用的宣纸还是很贵的，不过安徽产宣纸，生宣熟宣都容易买到，也就放开了画。我五六岁的时候，他带我到淮河边上走，看春天的月亮。月亮才出来时是红色的，慢慢变成黄色，月光下的淮河散发出莹莹的光，像一块流动的缎子。下雨天，我们爷孙俩就在葱蒙的田野里走，有伞也不打，一头一身的天落水，觉得走到了春深处。

大学毕业那年我去乌镇，在一家店里买了几幅便宜的小挂画，也就二三十块钱，都是些江南水乡图，复印纸外头罩着松木画框，回家就撂在抽屉里。过了一两年，爷爷偶然看到，就拿住细细地看，然后跟我说："江南的天啊，永远是阴的。不是铬黄，不是黛青，不是湖蓝，而是阴白。所谓春阴，天空就是阴白的，比灰要亮，比白要暗。你看这几幅画，就没画出那个阴白。"

今年冬天，来了苏州，沿着护城河逛巷子，走小弄，没忘了抬头看天。有时候真得佩服老一辈人的观察力，苏州的晚上，即使是到了八九点，抬头望天，还是毛絮絮的白，而不是一般城市里会呈现的橙黄。到了白天，那种阴白就更明显，几近于灰，在江南清一色白粉墙的衬托下阴得更明显。

稍微往郊外的地方去，柳梢偷偷开始冒芽，尚未吐叶，疏疏的枝条随风飘摇，远看过去，呈现出朦胧的烟灰色，湿润的堤岸是深褐色。这种色彩很暧昧，又很谦虚，谁也不争抢，谁也不压着谁。白墙黑瓦的江南人家散落在这种宁静和谐的水乡里，显得格外醒目。

本来以为会有不少人在园林里写生，倒也没见到几个。大概是因为天气太冷，都猫在家里了。我的兴致反而很高，拙政园、留园、网师园、沧浪亭、狮子林，大大小小的园子都看了一圈。

拙政园太大，回忆起来反而没什么头绪，只觉得亭台、楼阁、轩榭过于繁复，但也是真的美。吴冠中曾经想画拙政园里一段临水短廊，不过三五十公尺，却让他念念不忘，可怎么也找不到一个合适的立足点去画它。1984 年，吴老破釜沉舟，将很多写生稿抛之脑后，凭记忆画了一幅，着眼点在潘天寿的七个字：手落墨，着眼在白。

中国的画家画园子，大抵都着眼于一处小的景致，不会再画像北宋王希孟的《千里江山图》那种纵横捭阖的长卷，意境和留白才是重点。我逛了一圈儿出来，能牢牢记在心里的，也只是拙政园东面水塘里的残荷，觉得十分入画。拙政园大部分水域里的残荷已经被工作人员清理掉了，觉得妨碍观瞻，实际上残荷也是很好看的。高军老师在《世间的盐》里头写到残荷："冬天的荷塘像一场盛宴之后的曲终人散，杯盘狼藉；像两军对阵后的战场，断戈荒烟，战马无主，闲啃初春发出的草芽；像夜游人的晚归，举火烧天，越走越黯然。雪落下来，断梗残叶，不依不饶，像铁像墨，七个不服，八个不忿的。"

这段话说得真好，是真正会画画的人才说得出来的。他还说，画荷花好的人很多，画残荷画得好的寥寥，因为画不到苍凉处，真正的此身如寄。我年纪小，没看过多少墨荷，印象里唯一觉得画得让人寒毛倒立的，是八大山人的一幅残荷，就两笔，一笔败叶，一笔孤杆，真是绝笔啊。

沧浪亭的竹子极美，留园有大家闺秀的风范，怡园稍嫌雕琢。这些园子跑了两天，最后还有一个网师园，听人说很小，只有拙政园的六分之一，我想既然来了，就都看看，就一路找了过去。

网师园在一个很僻静的小巷子里，正门对面是一面长十几米的粉墙，白墙黛瓦的墙头有飞檐，檐角雕了一只小小的梅花。在白墙的背景前头，一棵枯树立在正中间。我在门口看了好久，才慢慢走进去。

进了黑漆大门，过了三进，大厅中间白漆屏门，屏门上的堂匾是白底黑字，黑漆柱子下头是没有雕刻花纹的素面础石，和朱漆描金、乌木嵌银字联牌的留园大厅一比，显得很素丽。

从大厅沿着走廊往左走，在看松读画轩里待了会儿，一转身，一段白色的粉墙迎面而来。

粉墙的倒影印在水里，静静的，在江南特有的阴天下显得格外干净。假山、枫树和罗汉松仿佛只是为了衬托这面墙的白。眼前的石头、山水、亭子都不是大开大合的，它很明显是收着的、含着的，但又不是欲拒还休的收着，所以有一种不自知的美。

我搓着双手，冻得瑟瑟发抖地走到引静桥上，呆看着水里的人字形粉墙，觉得水面突然离我很远，我也离我自己很远，整个人的魂儿都出了窍，只想落泪。从苏州回来之后我恍然：美本身是一种巨大的感染力，面对纯粹的美，人是有生理反应的。我被美击中了。

幸好一百年前没有网络、没有电视，才有了对自然的理解，对孤独的体认，才有发呆出神，才有胡思乱想，才有安静的阅读，才有专心的交谈，才有静物，才有颜色，才有抬头看见的风景。今天，我一个人拥有了一整个园子。

坐在石凳上画了一会儿速写，冻得笔都握不住，清水鼻涕往下流，只能站起来跺脚搓手，但是又不愿意走，最后实在受不了，左转右转发现小轩旁边的茶室，立即钻了进去，要了杯热咖啡。

卖饮料的大姐约莫四五十岁，看我冻得嘴唇发紫脸发白，赶紧把手里捧着的电暖宝塞到我怀里，指着墙角一处桌椅说："坐那儿去，那儿暖和，别站门口！我一会把咖啡给你端过来。"我把电暖宝搂住，龟缩到墙角的小沙发里，大姐一边忙活一边问我，"冷吧？我把空调给你开开呀？一会儿就暖和起来了。"

我连忙说不用不用，有电暖宝已经很好了。冻得麻木的手被热一激，红萝卜似的。大姐走过来，硬从我怀里把暖宝抢过去说："这个都不热了，我给你再插会儿电，你等着！"说话间把咖啡端了过来，还往地下放了一个水瓶，"你喝完了咖啡再喝点热水。我都是这样的，喝完咖啡涮涮肚子。"

苏州人真是很热情的，并不是很多人想象中的南方人，太含蓄、太孤高。来苏州这一周，和山塘街小吃店老板娘、星巴克的侍应生、平江路卖萝卜丝饼的大叔、虎丘卖鸡头米和糖粥的老大爷、拙政园里写生的老教师、观前街卖大闸蟹的老婆婆都聊了个遍，他们对这座城市是发自内心的爱，所以充实、欢快、平和，对陌生人不设防。只有拙政园出口处卖糯米糕的小食店男主人还有点哄骗外地人的口吻，也仅仅只此一人而已，几乎可以忽略。

大姐把充好电、烫得几乎抱不住的暖宝宝给我送过来，我情不自禁跟她说："网师园真美啊。如果说拙政园是个贵妇，网师园就是个少女。"她抿着嘴开心地笑，仔细打量我两眼，说："我们网师园呀，就是小而精致，前几天，哦，就前天嘛，有个台湾老婆婆来我们园子，从早上坐到晚上我们关门，第二天又来坐了一天。中午出去吃个饭又回来。"听她这么一说，我才觉得时间宝贵，既然暖和过来了，就尽可能多地在院子里坐坐。喝完咖啡我就走了出来。

我在撷秀楼、五峰书屋、琴室、月到风来亭里都坐了一会儿，从圆洞门走到枇杷园的时候，回头看，破旧的棕红木门外，一株斜插在角落里的蜡梅悄悄开了。

每年过年，我妈经常会买蜡梅插瓶。当然也有其他的花，但是蜡梅买的格外多，其次就是水仙，通常一月刚过就用两三个瓷缸养在家里。蜡梅分很多种，花小、香味淡的，品相最差，俗话叫狗蝇梅；经过嫁接，花开得稀疏，花半含的，叫磬口梅；而颜色深黄如紫檀的，叫檀香梅，是最好的。其实这三种梅，开的时候都极其含蓄，就是开得极盛时，也像是含苞。

我心想，这株应该是檀香梅，结果走过去仔细看，竟然是狗蝇梅，有些花骨朵还没有开，发出一股若有似无的香味。

一座这么有名的园子，也种着如此不起眼、不上品的梅花，自顾自地开了，也尽力地开，也格外的美，回眸一瞥就忘不了，让我想到林语堂形容一个人的词："清贵"。清贵不是富贵，清贵是智识、才华的富裕，在一个人身上展示出的充沛的元气、高贵的性格。网师园透着主人的清贵，园子里的梅花也一样，素丽、朴实。

林语堂曾经形容中国人的哲学是一种"闲适哲学"，因为丰富的敏感性，产生对人生的适当艺术观念，使我们很肯定地感觉到尘世是美好的，所以对人生感到由衷的喜爱。这种人生观实际上是诗人的人生观。"中国人对人生的那种微妙的深情，是由一种对昨开今谢的花朵的深情而产生的。"看到这株梅花，我深以为然。

我不懂园林，也只读过几本很浅的说建筑的书，那些三折石桥、画轩、亭台楼阁、观音兜的山墙对于我而言，恐怕只能是外行人看个热闹，说不出个什么所以然。能牢牢记住的，也只有两扇破旧木门外探出头的半株蜡梅，开得小小的，并不特别香。我想，园子主人未必希望自己往生之后，来到这座园子里的人只为它的设计之美而倾倒，他希望我们懂的，恐怕是中国传统士大夫那种"大隐隐于市"的人生理想吧。

　　一个人，也应该像这园子角落里一枝蜡梅，在不起眼的日子，自顾自地开了，发出隐隐的清香，没人看也不会觉得遗憾，因为明年、后年，总还会有。人生中的一切都应该是自然而然发生的，太过刻意总让人不安，像主厅里那一株虎皮海棠，大鸣大放地开，务必让人看见，让人仰慕，一天就已把整个花期的美耗尽，没有留白，缺少后劲。角落这枝蜡梅，不经意处偶得，没什么姿态，倒懂得如何自处。花既如此，人亦应如此吧。

野气，狂气，市井气

一座城市能不能留住一个人的心，可能在于它让你发生想象力的程度。人大抵都是囿于回忆，又喜新厌旧的动物，待在一处既能和过去产生亲密联系，又不失新鲜刺激的地方才满意。最近这几年，国内大大小小的城市都在变，到处是新的废墟和旧的设计，还能保持原本气质的城市已经没有多少了。

2013 年左右，我认识了一个绍兴的朋友，并不很熟，他性格爽朗，喜欢打牌喝酒，偶尔会在凌晨两三点发些没头没尾的信息，时间久了，多少觉得这个人脾气古怪。有一次，不知什么原因聊到绍兴的名人，他兴致勃勃说起秋瑾，说他太奶奶告诉他，1900 年前后，她七八岁的光景，坐在河埠头上剥蚕豆，看见秋瑾一身藏青色的袍子，骑着黑色大马在街上跑过去。后来，秋瑾就是在沿河的小广场上被斩了头，可秋瑾英姿飒爽骑着马的情形，却永远留在她脑海里了。"这种女人，一百年只出得一个！很泼辣的！"他太奶奶说。后来，即使那广场四周盖了商场、KTV、西餐厅，他一回家，眼前就浮现上个世纪的画面。

江南对于我而言，无非就是小桥流水，夏天密滞的热风和毒蚊子，冬天水缸里薄薄的冰片和手上紫黑的冻疮，可但凡知道了一些以前的人和事，想想几十年后未知的人和事，眼前的东西也就完全不一样了起来。我没有去过绍兴，这番话却引出我莫名的亲切，所以找个机会去了绍兴。

入了伏的绍兴刚落完一场雨，天空浮着游移的水色，风里有皮肤感触得到的细密水汽。在张马桥上走完一小段路，天空破出一道亮光来，身上已经湿透了。对于经常走路的人来说，绍兴城并不算大，一直往前走，过了仓桥直街，是通往西边府山公园的宝珠桥。

桥是座石桥，桥面几乎和两岸房檐齐平，站在上面，能看见乌青色的瓦片和竹叶状细长的乌篷船。我停下来站了会儿，此刻天阴下来，云呈现丝丝缕缕的絮状，如同一片脉络清晰的巨大荷叶罩在头上，连声音都被吸进去了。桥两边的大柳树纹风不动，树下的白房子里散出炒菜的热气和油味。一个赤着上半身的大爷端了一碗菜饭，胳膊肘抵着临河的窗沿吃着，把嚼出来的菜渣子吐到河里。

房子后头的府山公园是完全不同的另一幅情景。它根本不像是城市里的山，倒像是一座野山，从山林里被硬生生搬到了市井人家门前。一进公园北门，十几米高的樟树、无患子树和认不出的古树就把路填满，只给人留了窄窄不到半米的小径，我心里有点打鼓，硬着头皮往前走，曲折巨大的树枝如同凝固的闪电，越看越狰狞。走了二十多分钟，终于见到一个老大爷从山下上来，手里拿着一袋剥好的莲子。

顺着路下去，出了公园，对面就是西园，门口微露绿意。我撞进去，眼前瞬间水天相接，一大片山，一大片湖。湖在园里，山在园外，两三点人头如墨痕，其余就是满心说不出的喜悦了。清人铁保有一联云："四面荷花三面柳，一城山色半城湖。"对联里的文意不足以形容西园的大气。以前我总以为园林是小而精致，最多不过拙政园那种，亭台轩榭里蕴含了四季草木，今天发现园林也是可以野，可以大气的，简直是放浪恣睢。湖边靠近湖心桥处密密麻麻长了一大片浮莲，乍一看以为是荷叶，走过去仔细看，原来是铜钱草，又叫金钱莲。以前我看过的铜钱草都是养在瓶子或浅瓷盘里细细的一株，从没见过这么大一片野生铜钱草，漫无目的地长着。

回到市区，天已经黑透，路过伽蓝殿旁边，见白墙上一处圆门，里头黑不溜秋的。走进去，扑面而来的蝉声，凉亭里几个大爷在打牌，草已经到人大腿那么高，几棵桂花树的树杈上挂着几件内衣和裤头，像是洗出来晒忘记收了，也根本没人注意。

周作人对于故乡绍兴并不算喜欢。一百年前的百草园不知道是什么样，按照他在《雨天的书》和《鲁迅的故家》里的描述，是有些破败凋零的。他写："那么一个园，一个家族，那么些小事情，都是鸡零狗碎的……当作远的背景看，也可以算作一种间接的材料吧。说得大一点呢，是败落大人家的相片。"泥墙下的蟋蟀，院子里种的瓜果，脱不去败落相和市井气。后来，周作人被蔡元培聘到北大教书，他在西山上养病时又写："中国的食物哪怕是白菜豆腐也都有股厨子气，看相不好。"总之，他对于自己不甚悦纳的心情，是毫不掩饰的。

小时候学了太多篇鲁迅的文章。"树上的云雀，墙角里人形的何首乌……"《从百草园到三味书屋》这一段，人人会背诵，令人神往的童年乐趣，是横眉冷对的鲁迅偶然流露的一点温柔，是经过了诗意美化的回忆；在周作人那里，却是还原成 50 岁时，经历过历史沧桑后冷静记录的真相：一座被卖给邻居的园子，一个走向没落的家。我去了百草园，现在园子里种着大片大片的南瓜秧子，院子角落处一个养鱼的水池被围上，水面纹丝不动，发出一股淡淡的臭气，皂荚树不高，听说是后期重新栽的。

三十多岁时，周作人在给废然写的信里说："萧君文章里的当然只是理想化的江南。凡怀乡怀国以及怀古，所怀者都无非空想中的情景，若讲事实一样没有什么可爱。"天才都是不那么爱故乡的吧。莫扎特在故乡萨尔兹堡要和仆役一起吃饭，忍无可忍的他跑到维也纳，从此再也没有回去过；贝多芬22岁那年离开出生地波恩，他当时心里清楚，这就是永远地离开。天才在世的时候，故乡带给他们的只有屈辱，几百年后故乡因他们而门庭若市，然而那个人的心不在这里。

因为脾性上的对于"清洁"的爱好，周作人笔下的绍兴平淡冲和，景物描写有着过于冷淡的真实，偏向于博物派的描述，然而真正的绍兴市井并不完全像他写的那样。我在绍兴八字桥、西小河的弄里走，住家大多数是老居民，胸罩、袜子、内衣晒满了头顶，冬天的棉鞋和拖鞋破了洞也抵在墙根旁边晒，只穿了一条短裤的老头蹲在桥下洗澡，这也许是周作人不会提到的稍嫌腌臜的市井生活，但是未尝没有它的可爱之处，比如家家户户门口都用旧水缸养荷花，或扎一个竹花架，任由花色拉杂的牵牛花攀缘而上，这是我在苏杭没有看到的市民生活情调。它不那么美观，不那么讲究，但是比所有风雅的东西都更有勃勃的生机。我们可以逃离故乡，却无法阻止故乡在我们身上刻下的痕迹，周作人的文章里那种生之喜悦，到底来自故乡。

所谓故乡，彼之砒霜，汝之蜜糖。每个人的感受都太不一样。不像周作人，唐代诗人贺知章喜欢故乡，怀念市井民情。他自称

"四明狂客"，为人旷达不羁，史书上说："有清谈风流之誉，晚年尤纵。"就是他把同样豪放疏狂的李白推荐给了唐玄宗。86岁那年，贺知章病得恍惚，上书求告老还乡，终于回到故乡绍兴。对于游子来说，半个世纪出门在外，不管年纪多大，心里永远有一股气提着，想着老了要回家，真的回到家了，心事了了，旋逝。贺知章故居贺秘监祠在绍兴解放路上，和周恩来故居紧挨着，街两边开着龙虾大排档、麻辣烫和珍珠奶茶店，骑着小摩托车的人呼啸而过，没人往里面望上一眼。过了门前的荷花池，纪念馆里空荡荡的，蚊子比参观的人要多。

天才对故乡的恨很少有人知道，对故乡的爱却尽人皆知。否则不会有那四句："少小离家老大回，乡音无改鬓毛衰。儿童相见不相识，笑问客从何处来。"也不会感受到门前镜湖水，春风不改旧时波。

绍兴给我的感觉，是野气、狂气和市井气的结合。古往今来的越人似乎都有一些共性，无论距离遥远的王羲之、贺知章、徐渭、王阳明，抑或引人怀想的蔡元培、秋瑾、鲁迅、周作人，很难不发现他们都好交游，性狂志高，才气横溢。浙江人李兆忠在《暧昧的日本人》里提到从民国开始，去日本留学的学者文人就形成了规模庞大的浙派。掰着手指数，鲁迅、周作人、丰子恺、郁达夫……日本是在交通不便利的一百年前，中国人最容易抵达的异国彼岸，富庶而又开阔的江南地区提供的航海便利、经济优势让年轻人有先天条件，更有机会看到更广阔的世界。在这一点上，没有人能否认江南作为故乡的赐予。而养育了这么多异人的绍兴，在江南地区也算是比较独特的了吧。

初夏天光

今年热得很早，不到六月就已经穿了好一阵子短袖短裙。昨天和妈妈打电话，她说家里一直在下雨。想起去年夏初回家，在淮河岸边上散步，大片大片松叶色的野草已有半人高，一张破沙发扔在草里，风呼呼地吹着。后来往河滩上走的时候，天开始微微落雨了，才明白这草为什么长这么快。

有一年夏天，和好友去峨眉山玩，从成都客运站坐车到山脚下，已经是中午，到了山腰找间旅馆放行李，就开始往山上走。那时候天光还很亮，有一点薄薄的雾，天空是樱色，一个小时后，天在山体郁郁葱葱的笼罩中变成白绿，雾气蒙蒙，我俩满身汗湿，苦热难当。问了一下路边卖草药的大妈，连万年寺都没走到，只能先回山腰住下，明天再爬。

回到山腰的清音平湖，天慢慢熄灭，热气消散，点点荧荧灯火亮了。在湖边坐了一会儿，想到小时候读安徒生《海的女儿》，开头写，在海的远处，水是那么蓝，像最美丽的矢车菊花瓣，当时不知道矢车菊的蓝到底是怎样的蓝，国内也没有看到过矢车菊，后来在《植物史》里看到，才发现山里初夏的蓝原来是矢车菊蓝。

蚊子渐渐多了起来，小腿上被叮了几下，开始噼里啪啦地打蚊子，于是站起来，从湖心的吊桥走到对面的小饭馆吃饭。还是坐在外头的长条木桌子上，点了山里的野菜、山笋炒腊肉、醋萝卜、凉拌马齿苋。黄色的灯泡架在饭桌上头，照得我俩额头汗油油的。我问好友知不知道一种颜色，叫山吹色，她摇头。其实就是太阳的颜色，只不过当时在山里，又在黄黄的灯光下，突然想起来。

每人都吃了两大碗饭，菜全吃光了，跑到店家厨房里看他们晒的野物，发现摆在墙角的一排排巨大玻璃罐，里头是深红色液体，底下沉的像是植物。问老板娘是不是枸杞酒，她说是桑葚酒，就一人要了一杯，抿了一口，劲很大。好友喝完了，很开心，又要了一杯，说是喜欢喝酒，可因为是女生，从来不敢在外人面前说，和我在一起可以多喝一点。

走出去，天已经暗透。趴在围栏上看湖，发现湖色比天色深，几乎已经是青褐色，反射着点点白光，分不清是月光还是灯光。湖心的吊桥上有几个小孩在跑，我们走到桥上，越往桥那边走，就越靠近山，天空的颜色也时时刻刻变幻着，先是绀青，然后慢慢变淡成深蓝，就是靛蓝花布刚刚染好出缸的颜色。等我们过了桥，走到山的那一边，天已经是群青色，那种极其鲜艳、透露着愉悦和欢快的蓝色，而山色已如炭。

山里的天光似乎永远是容易找到形容词，给人无数想象，如画如乐，活泼明亮，却又能让人沉静下来。工作第一年的端午，我回安徽山里，车开进黄山景区后，天渐渐干净起来，清明刚过，第一批新茶已经摘了。在加油站休息的时候，有背着竹篓的山民蹲在路口卖茶叶，凑头看，叶色如柳，轻轻捏一把，有细细的毛絮脱落下来。我没问价钱，因为平时喝茶少，问了不买，总觉得不大好。

山里万籁俱静，晚上早早睡下，早上四点左右就迷迷糊糊醒了。躺在床上听鸟叫，短促的两声是喜鹊，四声是布谷，还有一种非常响亮的像竹笛一样脆的鸟叫，听不出是什么。推门出去，猫从腿边蹿入草里，屋顶瓦色如铁，整座山笼罩在浓浓雾气中，天色有种乳白和象牙色混合的厚重感。六点左右，雾散了，远山的山峰仍然残留着流动的雾带，茶树深碧，天空晴绿，像大米泡在水里洗下一遍的水白色。

我爷爷曾说，徽州的山有文人气，而我觉得苏州的天光更文气。一月初突然想去苏州博物馆看八大山人，兴头上去了趟苏州。从火车站出来，雨很大。晚上撑着伞在山塘河旁的渡僧桥下巷里闲逛，行人非常少，河对岸也有个人在慢慢地走着。苏州的房子白白的，高、窄，无边霉斑萧萧下，长条形的窗户大开，灯光与阴影相交处如芥子黄，里面没有人。我站在河边呆看，而天色竟是毛白，如同洗笔水打翻在生宣纸上。

第二天走了很多路，一直很想去藕园，可惜到平江路时藕园已经关了，就沿着旁边的平房走。天气很冷，沿河每家门口的瓦盆和坛子里仍有疏疏的绿色，栽着用来炒菜吃的小葱。苏州有一点让我觉得奇怪，平房顶上经常长有一米多高的小树，叶子枯了的也不落，还留在枝上。这时候的天仍是白色，阴阴的白，像藏着一场雨。以前看吴冠中画的江南水乡图，真的是一模一样的阴白，不知道初夏的苏州的天光是什么颜色？今年估计是没有机会去看了。

可以称得上蓝得发光的天，可能就是悉尼的天了。那时候的心境倒是没什么心思看天，再加上每一天的天空都蓝得简直沉闷，所以不觉得有什么稀奇。有次放学，和一个女同学一起回家，走在路上，她沉默了一会儿，突然说："要是今后每天都能看到这么蓝的天空就好了。"偶尔想起这个情境，觉得太蓝的天空像是太完美的人，因为没有任何缺点，总不像是真的。

对悉尼印象最深的不是天空，而是毒辣的阳光，人像被关在玻璃瓶里的蜜蜂。大大小小的海滩上，人们裸着晒成巧克力色的身体，金棕色的毛发湿漉漉的，在阳光下闪闪发光，海和天均呈一片纯正的湖蓝。此情此景，让人想到塞尚的名画《从贝勒维看圣维克多山》。西方油画那大片大片浓郁的色块，以前我欣赏不来，在那种环境下真正生活过一段时间，才发现这种绘画有它真实的生活来源。西方自然界的颜色浓郁，纯度高，就连同类型的植物生长得也似乎比亚洲的要硕大许多，是不是西方人在感情上的直白和热烈也受自然环境的影响呢？不过这就扯远了。

那么多城市的天空里，重庆的天最让人捉摸不透。几年前去过一次重庆，五月中旬，已经闷热得沾衣欲湿，从机场出来，车子似乎完全行走在浓雾之中，而司机娴熟地爬高下低，显然已经完全习惯在这种伸手不见五指的环境下开车。住的房间在嘉陵江边，从窗户望出去，外头是一片压抑的烟白色，能见度不到十米。等到天黑了，天空反而透亮了起来，我顺着无数台阶慢慢走到嘉陵江边上，江水很浅，能看到对岸的高楼，河坝一眼望不到头，三三两两的工人蹲在坝上，围着昏暗如橘的灯泡打牌，几个少年在河边捞鱼，棒棒们扛着游客的行李，在游船上急急地走。乌梅一般的天幕下，那情景让我想起来觉得怆然。

以前同事里有个重庆女孩，跟我关系很好，也爱看天。记得她对我说："刚来北京的时候，每天早上起来，觉得阳光亮得吓人，泼洒得满屋都是，简直要把人点燃那种，在雾气弥漫的重庆生活了十几年，每天早上面对北京的阳光会觉得不知所措。"她拍下很多清晨同一时刻窗外的景色，经冬历春，我喜欢她那种认真。

五月的北京下了几场雨。北京的雨天也是北方人的性格，直率。雨前的天是黄褐色，路上行人如蚁般急忙奔走，等噼里啪啦痛快淋漓地下完一场，天空立即褪去朦胧的黄，变成温柔的浅灰蓝。有一次傍晚五六点，天空勃然下了场大雨，雨后出现了双层彩虹，我刚吃完饭出门，扭头看，满街的人都拿出手机在拍照，突然觉得不明所以的欢乐。

昨天是端午。初夏傍晚，北京的天光是紫罗兰色，不知道有没有人抬头看天。北京的天空有时候也是很美的。

小儿女

去年有段时间，我一度很闲，在成都住了一个月，每天都去宽窄巷子里的一家小剧院里听川剧。去之前都不知道要演什么剧目，票价很便宜，不到一百元。临演出时，穿着花旗袍的服务员在公用洗手间里慌乱地描眉，高声用成都方言聊天，看人时眼角遮掩不住的笑，演员抱着道具匆匆走过后台，不忘和店里的熟客打招呼。

以前听昆曲，一招一式，进退迎合，都委婉含蓄，身段里让着三分，唱腔里也含着三分。而川剧是极热闹的戏种，不论什么角色上来，从头到脚镶红戴绿，唱腔洪亮浓烈，感情泼洒。许仙遇到白娘子时满船浓情蜜意，白娘子永镇雷峰塔时勃然悲愤，台上台下纷然一片，打打杀杀，夹杂着变脸，好不热闹。川剧里满是蜀中地方色彩，鲜艳、活泼，像在人的脑子里画大图，穿着粗布马褂的船夫摇着橹高唱："最爱西湖二月天，斜风细雨送游船。

十年修来同船渡，百年修来共枕眠！"

　　十年修来同船渡，百年修来共枕眠！必须用惊叹号。多么中国的故事，从《诗经》到唐传奇，到宋代话本，再到明清小说，那么多悲欢离合，被这一句话概括了，听的时候耳廓嗡地一响，什么话都说不出来。你我遇见，在船上，在街边，或许只有一面之缘，或许共处一室数十载，无论结局如何，都是缘分，这里头的情意，一言两语无法明说，也不能明说。作家王安忆说，西方人才说爱，中国人讲的是情。这个情里头，有恩，有缘，有义，有承诺，比西方的爱包含的东西大得多。《白娘子传奇》说的就不是爱，是情。

　　后来看到岸西拍的《亲密》，不敢相信在一个香港导演那里找到了非常传统的故事。电影 2009 年上映，距离现在也有六七年了，豆瓣上的评价一直不温不火，也是在情理之中，因为故事情节太平淡，几乎寡淡到无味。电影一开头，一家公司里的四个同事搭上司的车回家，狭小的空间，一路上穿过长长的隧道，有一搭没一搭聊着公司琐事，掺杂着一对年轻小职员的打打闹闹，只有林嘉欣饰演的女职员阿佩静静地坐在车子后头，一言不发地望着窗外。送完了所有人，已经结婚生子的上司汤少（郑伊健饰演）终于和她单独相处。汤少沉默地开到阿佩家门口，拿出一张好友名片，说朋友这家公司薪资优厚，希望阿佩另谋高就。

两人你一言我一语地争执了几句，汤少眼中露出哀求的神态，阿佩眼眶湿透，随即下了车，汤少开着车慢慢跟着，看着她进了公寓楼，调转车头驶离。电影的背景音乐是舒伯特的《A大调鳟鱼五重奏》，旋律明朗里带着忧伤。

接下来就是一环倒扣着一环，一个星期前，两个月前，再到半年前，一年前，一点一点地往前追溯回去，像是把洋葱一层一层剥开给人看。其实看了开头，也多多少少猜到阿佩和汤少发生了什么，以为是个耍了点花巧的婚外情故事，可是什么都没有。从开头到结尾，他们之间只有聊天、聊天、聊天，连手都没有碰过。纯情吗？和纯情无关。甚至和爱情也无关。岸西创造了都市里另一种感情的可能性，这种感情叫亲密。岸西用一部晦涩的电影提了一个很刁钻的问题：对一个人有好感，喜欢一个人，乃至爱上一个人，是在什么时候发生的？要不要说出来？说不说出来，有没有那么重要？问题很多，可惜有很多事情，没有答案。

在悉尼上学的时候，经常和一个新闻写作课上认识的上海女生一起回家，她告诉我，她喜欢上了一个香港男人。他们在悉尼市中心一家港式酒楼认识，她是服务生，他负责在后厨打杂，每天做的事，无非是侍弄大桶大桶冰冻的海鲜，剪蟹脚，剥虾壳，即使戴上手套，皮肤上也满是划痕。他已经有了一个香港女朋友，等着他赚够了钱回去结婚。他教她粤语，教她做海鲜粥，凌晨下班怕她一个女生危险，把她送到家门口。

我听她说了整整一个学期的"他"，她经常打趣用"巨"称呼他，因为粤语里"他"写成"佢"，她看到这个词就会莫名发笑。2010年圣诞节前夜，大家一起聚会，我终于算是见到了这个"佢"，面目模糊，个子中等，没什么特别之处。后来玩游戏，每个人被蒙住眼睛挑礼物，"佢"给她蒙布条时轻手轻脚，小心翼翼把布蒙上，怕勒痛了。

毕了业，大家星流云散，我到北京，她回上海，他仍然留在悉尼，过了差不多快两年，有一天，她打电话给我，说是快要结婚了，对方是那个"佢"。

原来，她回上海之后，考了股票分析师执照，被公司派到港交所实习，临时在附近的太古广场租了一间房。一天下班，她去楼下餐厅吃饭，点了一碗海鲜粥，喝下去第一口，分明是熟悉的味道，跑到后厨去，看到他。

如果不是在自己身边真实发生的故事，简直不敢相信人与人之间的缘分有多么奇妙。她后来有一次聊天跟我说，其实一切也可以不发生，她当时满可以不去香港实习，不住在他曾经告诉过他的家附近，不点那碗他曾经教她怎么做的海鲜粥。说是缘分，却不仅仅是缘分，还靠着一点点主动，一点点希望。

缘分到底是不是一种迷信？刘慈欣在《三体》里说，一切的一切都导向这样一个结果：物理学从来也没有存在过，人的生活完全是一种偶然。世界有这么多变化莫测的因素，人生有这么多变幻莫测的因素，总结起来，整个人类历史也是一场偶然。如果几亿年前有一颗小行星撞上地球，就不会有现在人类的一切。可这种偶然中的偶然，只会让我们更相信缘分。为什么今天你遇见这个人，而不是那个人，为什么今天你是和这些人在一起工作生活，而不是另一些人，皆是因为你们之间有缘分，不管彼此之间发生的事情、印象好坏，都要珍惜。因为一世也就这么一回。认识的人也就这么多而已。

　　《亲密》演到快一半，心事重重的阿佩去医院看病。医生是她从小认识的叔叔，和她的母亲相熟。她状若无事地跟医生聊着母亲的事。突然之间，话锋一转，阿佩一字一句地说："其实，我想问你一件事。小时候有一次，妈妈带我来看病，我们取了药离开的时候，你追出来，对我妈妈说，吃饱了饭再吃药。我看着你俩的眼神，耳朵里嗡的一声。你们是怎么开始的？怎么突然间……你们之间就不一样了？"曾志伟扮演的赵医生沉默了很久。最后他说："我也想知道。"

　　每天有这么多的人出现在我们的生活里，工作上的，街头的，生活中的，有些有固定的接触，有些只有匆匆一瞥。什么时候我对他的感觉突然不一样了？什么时候他仿佛也对我有意了？而又在什么时候，一切感觉消失，就像什么事都没有发生过？这问题难得倒上帝和佛祖，何况赵医生。他哪里答得出来。我们都答不出来。

这也许是岸西拍《亲密》、《甜蜜蜜》和《月满轩尼诗》的原因。她想为我们这个冷漠、匆忙、变幻莫测的城市提供一种想象的可能性。再大的城市，我们也都是小儿女，过着普通人的生活，有着普通人都有的不值一提的烦恼，被工作、生活以及更大的时代潮流所左右，只有那么一点点的缘分，也许是自己可以把握的。一个人和一个人之间，无论男女，都充满太多的可能性，不是"爱情"两个字可以概括的。亦舒似乎说过，一个男人和一个女人之间只有两种关系，要么结婚，要么分手，再没有第三种。我怀疑这种笃定，觉得怎么可能只有两种？应该有 20 种，200 种，简直无数种可能。连坐一趟地铁都能遇见无数的人，城市中的爱情有太多未知。

不论北京、上海、深圳、香港，还是远到纽约、伦敦，越热闹的城市越容易让人觉得孤独。而所谓孤独，写了《革命之路》的理查德·耶茨说，是"你面对那个人，他的情绪和你自己的情绪不在同一个频率"。所以有了那些共同生活二十年却各怀心事的伴侣，有了共事五年偶然间在街头遇见，除了打招呼什么话都说不出的同事。最近，李宗盛拍了一个 12 分钟的短片，里面的他穿梭于五个不同城市，把人生的不同经历和每个阶段写的歌一一对应起来。轮到香港的时候，他在视频里有一段独白："这个城市太快，连感情都可能变得浮光掠影，在这样一个自豪于效率速度的地方，深刻隽永是不是更为珍贵呢？"

　　让感情浮光掠影的是人心，不是城市。城市永远灵动，永远充满活力，它让我们有与我们相同的人产生亲密的可能性，只要你把遇见的每一个人都当作难得的缘分。工作可以快，缘分却必须慢。要磨，要等，要明白缘分有深有浅，当它消失的时候，准备好，说不定它绕了一大圈，兜兜转转，再回来。

第四乐章

故乡变奏曲 ●

Hometown Variations

我在台湾眷村的山东大馒头里吃到它，在布鲁克林深夜的地铁上看见它，在水上的纸灯笼里点燃它，在山野的雾气、市井的人声中辨认它。故乡是一个甜蜜又苦涩的音乐主题，藏在每一首变奏曲的旋律里，它有时渐渐弱化，消失在黑暗中，有时又如星火燎原，出现在各种和声里。可它一直都在。

比雪更热，比海更深

台湾的海是平面的山，海流之静，如人眼角的细密皱纹一样不易被察觉。飞机降落前十分钟，我一直在琢磨，蓝色山脉上层层叠叠的白烟到底是什么？是山上人家做饭的炊烟，还是温泉的热气？几近降落，才发现那是白色的海浪，而海的稳定感也给人一种在山顶飞行的错觉。

在不同的城市，曾看过不同性格的海。大连的海如枝丫，深深潜入陆地腹部，蓝黑色的海水缓慢膨胀，没有被约束过的活力从深处一点点传上来；香港的海凹进地心，海岸线在幢幢高楼前矮下去，俯趴在滴水不漏的陆地上；加拿大纽芬兰的海像一张饱经风霜的脸，在天空阴郁之手无情地翻动下，长出礁石、悬崖、海岬等等各种各样的疤。

相比之下，台湾的海可以用温柔来形容。它闻起来没有血气，没有盐味，没有鱼的腐臭和海藻的腥。沿着台湾东部海岸线走，会看见海边浑圆的石头堆垒成自然防护线，海浪汹涌地扑过来，又顺着千万条缝隙隐匿。这时，海是一种富含胶质的树液，有流动的凝固，也有停滞的坚硬。

在花莲前往瑞穗乡的路上，东边是海，西边是山，青色海面上风卷云舒，山下树木繁茂浓绿，看不出一点点冬天的迹象。路边，榉树云片状的树皮随风散落，山肉桂嫩黄色的小花星星点点开着，细瘦的棕榈树三三两两，疏朗地站在芦苇丛中，尤加利树的苦味若有似无地从车窗外传来。然而最终吸引我的不是山，不是海，也不是树，而是以盛大姿势降临的云。和城市里的云不同，山海间的云是一种活物，它有覆盖三分之二天空的巨大身躯，延伸变幻的四肢，光催生出的层次和纹理，以及比山还要迫近地面的白色脸孔。坐在副驾驶座位上，我感觉云带着一股毫无理性的热情扑面而来。

这一路，我一直有种奇怪的感觉。即使是在海边，也不觉得身处岛屿之上。一切似乎是故土的亚热带翻版，哪怕夜深时也听不见海浪声，只有鞭炮惊起的几声狗吠，十足大陆平原乡村特征。记得两年前，和同事去厦门，开车经过跨海大桥，海面与路面被一层雾完全笼罩，那是海湾散不出去的湿气形成的海雾。眼前空气与水混为一体，天空在凝固，路面在溶化，呼吸黏湿。到了鼓浪屿，雾更大，浅滩上淤泥散发腥臭，一棵巨大榕树横在路边，枝叶残骸散落一地。昨晚，台风来过。这种岛屿季候特征，在台湾的冬天似乎无所遁形。是因为山的原因吗？我不知道。唯有抬头时，以极夸张的变化翻动、腾挪、清晰凸显风的形状与山脉轮廓的云泄露了天机。有海的地方才有风，有了风，云就彻底活了。

载我们上路的师傅是花莲人，上车后先说了声抱歉，说春节期间需要加收百分之二十的服务费。当下心里略有不快，旅程结束后却觉得爽利。南方人这点性格我喜欢，做事情先把规矩定下，协议妥当，后面都不扯皮，也是一种尊重，何况今天是大年初一，早上七点钟，他就准时开车到达。

邓师傅出生于1954年，今年63岁。他说话声音不大，开车稳健，从车上下来休息时才发现他体型高胖，竟然能塞进斗室般的驾驶座，不慌不忙一路沿花东纵谷前进。他的祖籍是浙江温州，父亲并不是跟着国民党来台，而是很早就漂洋过海，在岛屿和陆地间做生意。三岁那年，父亲早亡，留下的一张记载家乡地址的证明也已遗失，自此，他们一家和大陆亲戚失去联系。成年后，他在花莲当地一家饭店里工作，有几次遇见浙江来的客人，也试图找到根，却没有任何可靠讯息了。他不知道浙江省在大陆经济发达，风景也美，口吻里带着陌生。

十一点左右，阳光从筛子一样的云缝里漏下来，空气温暖而潮湿，海的一抹蓝色渐渐隐去，我们往山的一边靠近。到达的林田山林场，最早是日据时期日本人开的温泉旅社。1939年，日本政府大力备战，在林田山成立伐木场。今天在伐木场原址上建成的纪念馆，被日式木屋环绕，里面依然住着早期林场工人的眷属。木屋早已破旧，但骨架仍在，外墙虽刷了一层青绿色的新漆，却遮挡不住一片片破旧门板。从山顶往下看，这些单薄的门板隐隐四散、低伏在大地上，犹如电影定格画面。

我们拐到山边一家海产店里吃饭。沿着路边摆放的一些野菜都是我们从来没有见过的。随意点了几样，端上来，像是发现新大陆：如同倒立海马一般弯曲着茎秆的蕨类野菜"过猫"和银鱼一起炒，野菜的香味上覆着一层鲜；蛤蜊里加了紫苏；海螺肉里加了晒干的藿香。山上的和海里的，奇妙地混合在一起，山吸收了海，海浸泡了山，两碗饭下肚，心里蹦出一句话：原来是山味里提鲜，海味里提香。店老板穿着一双雨鞋，双手湿漉漉过来和我们搭话，他熟悉花莲的海就像熟悉身上的痣，哪片水域有暗礁，哪片水域鱼多统统了然于心。剖鱼的速度有多快？一分钟20条。他把右手伸出来给我们看，树节疤一样的骨节上突起，一根根挺直的毛刺上沾着水珠，像一个小型头颅。

"浪花很美哦？巨浪砸下来，能把几千吨的轮船撕个稀巴烂，"他笑，"从左舷到右舷，切萝卜都没这么快。不过我们原住民不怕。"

"为什么不怕？"我问。

"一棵草，一点露。想活的都能活下来。"

岛屿动植物强悍的生命力让八方起落的人事变得稳定。难怪，山路边累累盛开的野三角梅，以蛮力细密繁殖的蕨类，在海风厚重抚摸下尚未成熟的百香果，它们都按照自己的节奏完成生命周期。植物尚且如此，人有何不可。

听到店老板是阿美族，勾起我无穷尽的好奇，问他阿美族海祭的传统。曾在书上读到，每年六月第二个星期日，吉安乡东昌部落的阿美族人都会去花莲溪出海口，垒石为台，奉上祭品，向海神祭拜，求祖先庇佑来年捕鱼活动顺利、农作物丰收。后面的三天两夜间，女性不得进入祭祀场，男性祭祀者生存在野外，就地取材，生吃活鱼，以表现原住民的勇敢。店老板听完我叙述，一脸愕然，说现在早已不生吃活鱼，而是捕鱼烤鱼，禁止女性进入海祭场的规矩也已经取消，每年的海祭如同外省人每年的春节，实际是举家同欢。

书本上的说法有时不可靠，也许作者和我们一样，需要用一种方式完成对原始美与力的想象，可是现实并不对我们的想象负责。这种"不负责"，可以扩大到很多方面。不想过去，才能过好眼前的日子。并不是因为过去可能经过修饰和涂改，而是人的时间真的有限。囿于过去，必然让我们丧失足够多的现在。我相信有不少人活着并不是真正清晰明确地活，那种混沌状态，仿佛陷于迷雾之中怎么也挣脱不出，有时在每个人的生命中的某个阶段都曾真实发生。在这一点上，活在过去和活在幻想里没有区别。

在花莲的最后一天，我去了太鲁阁公园，下午早早下山等晚班车回台北。坐在新城火车站对面的一家小咖啡馆里，突然在谷歌地图上看见这里离海边不远。我想再去看看海。

通往海的路上，是一望无际的农田。正是农闲时刻，枯黄野草散落在道路两边，空气中水汽氤氲，抬头看，低低的云层把整个天空铺满了，一点点蓝色都看不到。回望太鲁阁山的方向，云已经全然俯下身，争先恐后朝海的方向赶来。越往海边走，芦苇越茂密，经过一处凤梨田，每排凤梨都被盖上了厚厚的膜，保持地表温度，农人家门口的三角梅开得火红，在风中摇曳生姿。一头老黄牛远远趴在水草茂密处，背过身去，刀刃状脊背起伏如微型山脉。

听到海浪声的那一瞬间，发现路边一座小小的妈祖庙，入口有小小的回廊，门大敞，上面贴着对联，门旁边坐了一个年轻人正在低头看手机。路对面200米处，一栋蓝顶白身的清真寺耸立着，因为背后黑山乌云，而显得格外的白。

往前走过水泥堤坝，海出现在我面前。

风吹得我睁不开眼睛，巨大的浪声震耳欲聋，青绿色的海在人的活动下已经退守一方，盘踞在遥远处。海岸上除了无数以青、灰、绿、白不同程度调配出的鹅卵石之外，就是灰色柔软的沙。在我的西南面，一种魔幻的画面出现了：趴在山上的云以倾泻之姿融成雨雾带，与下方涌动的海水融成一股小型龙卷风，那种云、山、海融为一体、不分彼此的混沌状态让我想到宇宙中的黑洞，仿佛穿过去就能到达另一个时空。我痴痴地看了会儿，那令我着迷的不是自然的奇观，而是——生活。一种人和万物彼此交融，神人相处如邻的生活。几千年来，这么多人来过又离开，不断有新人抵达，它以极宽厚的姿态接纳包容了一切，它的顺服和平静里似乎有一种生生不断的活力，让古老文化和新式文明都得以保存，让现时的生活有源头，有去处，比雪更热，比海更深。

　　我知道我会再回来。

写给故乡的情话

　　我是淮河边无数条小街上长大的孩子。这故事，该由小街说起。

　　小街从秀气明媚的淮河边上生长起来，弯弯绕绕，延伸到看不见的远方。暮春三月，院子口那棵遮掉半个天的绿槐就开始可劲儿往外冒叶子了。一场雨，浅绿，再一场雨，浓烈。往里走一个缓坡，抬眼看，三层红砖小楼排排站，家家户户门口一个小院子，用竹篱笆或石头隔开，边上栽着低矮的无花果树、石榴树、柿子树。

　　鸡圈在竹篱笆里散养着，篱笆缝很大，时不时就能从旁边草堆里摸出个温热的鸡蛋，上面糊着鸡屎。各家的猫狗永远野在外面，不怕人，有时装着怕人，在后头远远跟着你。东口老爷子自己捡石头堆了个假池塘，里面游了三两条青鱼，还有只王八趴在池塘边上扒拉腿。

　　小楼后面是一大片青苔地，没人管，渐渐地，就有老太太种了些葱蒜青椒小西红柿，不为着吃而为着好看，可也防不住猫狗糟蹋，有时候蒜苗刚露点头就被狗舔了。青苔地西头老张家辟了块地种花，月季玫瑰混在一起养，边上倚着棵老桃树。四月，一场雨过去，第二天就争前恐后冒出花苞，再下一场，就草木摧折，满地花瓣。

　　沁人的香气和着如丝的雨，飘进人们的睡梦里。天是鹅蛋青，再过一会儿，鸟就叫了。晚起的娃娃们被推醒，迷迷瞪瞪被套上衬衫裤子，背上书包就跑，大人在背后吆喝着塞一把毛票和两个硬币。

　　绿槐外的小街活了。都是人，都是扁担，都是挎着篮子买菜的女人。带着露水的青菜芹菜黄瓜，刚从地里拔的萝卜蒜苗小野葱，青是青，白是白，叶子挺着，一张是一张，没有黄的萎的，都乖乖躺在扁担筐里，再看另一边，尽是些野菜，马齿苋酸模草灰菜荠菜，上了年纪的老人家好这口。

　　蔬菜摊子前面，白气蒸腾黄皮儿跳跃，炒豆饼的女人一手叉腰一手抖面，一层面下去一簸箕面饼扫下来，一斤豆饼三块钱。豆腐摊上总是盖着一层布，掀起来看，有豆腐干、油豆腐、白豆腐。白豆腐容易坏，单装在保鲜盒里，颜色偏黄，撕开之后凝脂般抖着。

豆腐摊前面一溜小脑袋，卖豆花的奶奶眯缝着眼笑。豆花嫩嫩地盛在木桶里，木桌子上摆着酱油葱花香油醋，最要紧的是黄豆，黄豆煮得要老，撒到豆花上才喷香。五毛钱一碗，一碗不够再加一碗只要三毛。娃娃们要一碗豆花再来根油条，好饱。

吃完一抹嘴，就到一摊接一摊的鱼贩子了。趁着夜潮打的活鱼活蟹，透明得看得清五脏六腑的大虾，刚从河里摸的田螺，赤条条浑身是肉的黄鳝，摊子前面的女人们撅着屁股捡鲜。

青鱼眼球凸出来，拿手抠鱼鳃，黏糊糊的最新鲜；黑鱼个头儿大，到处乱蹦，有经验的女人一把按住头，鱼鳃翻开，鲜红的最好，发乌的快不能活了；鲤鱼长得最丑，可煮起汤来能鲜掉人的牙，开了膛摘了五脏，放到盆里还会游着逃命；拾掇黄鳝的男人最麻利，黄鳝的头对准鱼钉按下去，往后面一撕，清水里一过扔进盆里。一阵腥气飘过去。

鱼贩子对面是肉摊，五花肉要趁早买，肥瘦相间的最好，没几分钟就卖没了。肥的太腻腒得慌，瘦的下了锅不香。排骨最贵，一般人家一次买够一顿饭，里面还要加好多萝卜海带，剩菜也能混上好几天。牛羊肉摊子前，卖肉的壮汉腆着肚子拎着肉刀站着，磨刀霍霍，买肉女人对着自己中意的那块指一指，一刀下去肉一点不沾，一小块包在报纸里上秤，上了秤必须要，不要下次不卖你。

　　吵吵哄哄到十点左右，孩子们该上学的上学了，大人们该上班的上班了，老人们聚在院子里摆上茶桌凳子，小街也渐渐安静下来了。烂菜叶子鱼肠子鱼鳞，猪下水鸡内脏鸡毛零零散散撒了满地，猫狗们开始蹿出来了。

　　猫的速度最快，鱼摊子那里挤了几只野猫，风卷残云地收拾扔在那里不要的小鱼死虾，否则狗就得从后面扑过来。一般是家猫打不过野猫，野猫斗不过家狗，野狗不屑于吃烂鱼虾。

　　猫狗们闹够了，小贩们挑着担子回家喝茶，街旁隐着的店铺就露出脸来了。正对着院门口的零食店是陈松他爸开的。20世纪90年代他爸妈双双下岗，开了家绿漆木头窗脸儿的小店，他爸就每天坐在里头看报纸。小店虽小，油盐酱醋茶样样俱全，跳跳糖五毛两包，橘子汽水八毛一瓶，装在椭圆透明玻璃瓶里的橄榄和话梅两个一毛钱，谁家小孩去那打个酱油买个盐，还能饶一个话梅含嘴里。他爸看店能赊账，他妈看店就不准赊账，但要是赊了账的人过来还钱的时候他妈在，也就客客气气地接着。

　　零食店往前走几步，是华姨的毛线店。华姨月亮脸盘，额头宽挺，头发稀，苹果身材，笑起来像弥勒佛。早上十点多，鹅黄色的木头门才拉开，睡眼惺忪的华姨把毛线一包一包摆出来，有特别细的山羊毛线，给刚出生的娃娃穿，要打钩针；也有粗毛线，谁家男人要去外地干活了，女人就过来买粗毛线打平针，织厚厚的毛线衣。纯毛毛线最贵，要找华姨亲自打。

华姨最会打女孩的毛线衣，用特别亮的米黄色，有时候打铜钱花针，有时候打凤尾花针，领子那里用上下针打成苹果领，胸前还用花针打出个小猫或小鸭子的图案。这街上的女孩子有不少都穿着她打的毛衣。给老人打毛衣就时兴打扇子针，大方。大部分时候，她就坐在店门口，趴在熨衣服的熨斗上，捋一捋头发，把毛线针在头发里面挠挠，边打边看着街上来来往往的人。

槐树下，竹凳竹椅摆出来了，几个老人拿着玻璃杯，热水瓶和茶叶缸坐下唠嗑。清明还没到，安徽的新茶还没有下来，喝的大都是陈茶，渣子多，但也有味儿。这个说："你家儿子还没回来呢？""没呢。天天加班不得闲。"那个说，"刚看你孙子背着书包小炮弹一样冲进去了。"答："可不，最后一节体育课老师没上，全放回来了。你家孙女还没回来吧？跟老陈家孙女闹别扭啦？"那边瘪瘪嘴："五岁的孩子懂什么？不懂事，打一顿就好了。"

大家都在等。等儿子，等孙子，等重孙子，等时光一点一点爬过去。有等的心的人，不急不缓，因为他们知道等的那个人会来。榕树把光线吸收进去，撒了一地的绿，茶叶在杯子里悠悠地转着。

晌午，各家各户锅铲嚓嚓在油锅里翻转的声音从四面八方传出来。鲫鱼汤的香，糖醋排骨的肉气，红枣蒸米饭的煳味儿飘得到处都是。安徽人做饭锅气重，饭稍稍烟一点的香。这时候猫狗全不见了，都在厨房里人的脚旁边候着。鸡也开始叫了。陆陆续续的，大人们拎着布袋子，娃娃们叽叽喳喳地就一起下学回来了。小街稍微热闹了一会儿。

熟食店、面店、理发店、零食店的当家的就把小黑锅支在路边上炒菜，锅铲乒乓，比着谁家的菜香。也有几家小孩不回家，全挤在零食店门口，涎着口水买果丹皮冬瓜糖芝麻酥，落在后面还有一个女孩，红领巾也歪了，辫子也散了，垂头丧气，眼里渗出两泡泪水，噙着。准是挨老师训了。一个女孩走过去一把搂住她的肩膀，说了一句悄悄话，两人转眼笑出声来。又过了一会儿，街上人都回家吃饭了。

下午的时间过得飞快，"嗖"一下就没了。猫和狗都懒洋洋躺在自家门口，像张黄白相间的花毯子，老人们把刚洗的衣服晾出来，搬着凳子坐在日头下面晒暖暖，眯着眯着，也就睡着了。

晚饭过后，人们走到楼后的淮河边上遛弯儿，从小街到淮河只要走五分钟路。岸边红色的土壤软塌塌，走一步往下陷一下，河岸边种着柳树，烂得发黑的树根露在松软的泥土外面。水流不徐不疾，像是在抚摸泥土的身子。夕阳把河水染成橘黄色，像煎得很嫩的鸡蛋。河里的渔船离岸很近，男人们晒得黝黑，脊背曲成一张弯弓、站在船尾收网子，女人们拿把扇子蹲在船上，开始生炉子烧饭。

这个季节的淮河坝子还没到乘凉的时间。不够热闹，不够调皮。等到五月露头，夏天悄然而至，小街上的女人孩子就开始卷着凉席趿着凉鞋，上坝子铺席子占位子了。十年前坝子上还没铺上水泥，全是长着浅草的泥土坡，草丛里面都是蚂蚱。把席子往坡上一铺，仰面躺着看星星捉蚂蚱。几公里长的坝子上，躺了几百户乘凉的人家。

有些孩子胆子大，拿着玻璃瓶，跑到河里蹚水，抓退潮后的小鱼小虾，抓上来就忙不迭跑去给其他孩子看，又是一阵小小的嬉闹嗔骂。过了晚上八点，天全黑了，星星比人的眼睛还亮，月亮里真有一只蹲在月桂树下的兔子，耳朵在微微动。小街上的孩子们都看见过。风静了，柳树发出扭捏的叹息声，月亮黄澄澄的像个烧饼。

离开淮河，离开小街，孩子们在一座大过一座的城市里漫游，有时候生活陷入停滞，有时候又被湍急的水流冲刷到未知的浅滩。流动让人惶恐、迷茫，可是想到故乡的河，才明白我们也许真的要流过一个又一个浅滩，才能成为一条自由的河。

不管我能不能成为一条河，不管生活最终流向哪里，故乡在我身上冲刷出的痕迹都不会被岁月带走。这些絮絮叨叨的心里话，我只希望它懂。

碧山印象

凌晨四点钟。猫悄悄上了二楼，绕着阁楼转了一圈，下去了。铃铛丁零零地响。我眯缝着眼看天井的光，还很暗，现在整座村落一定被大雾笼罩着，在月沼和南湖的雾里，老房子彼此孤立，等穿堂风从山里吹过来，天就会亮了。

爸爸窸窸窣窣从床上起来，背上照相机、穿上登山鞋走了。迷迷糊糊的，听我妈问了一句去哪儿，说是去塔川。木头门关不紧，天井里升上来的湿气从门缝里一丝丝灌进来，我披上羽绒服下去关门。

阁楼里黑黝黝的，极窄的窗棂外头，黛色的马头墙变亮了，反差下能看到山上的一丛丛茶树，四下里万籁俱寂。我在小窗那里站了一会儿，觉得肋下翼翼生风。

今天是年二十九。天亮后，山里找不到一点冬天的痕迹。到处都是绿的，地里的大白菜极力摊开青白的菜叶，萝卜秧子长得肆无忌惮，竹子全部都往山阴面倾着，成熟让它们不堪重负。茶树最绿，几近于黑，密密麻麻扎满山坡，从山顶往下看，像无数分布均匀的墨点。

七点多，我和妈妈喝了粥，喂了猫，站在村口大树那里等爸爸来接我们。街上人挺多，南湖那里已经有人开始洗衣服，路对面两个老婆婆边剥笋壳边聊天。路上的人都穿着硬底棉鞋，男人穿黑的，女人穿红的，小孩穿花的，快快地往家里走。雾气慢慢退到了山腰那里，山顶还藏着，像融化在雪里。

上了车，看见爸爸衣服都湿了。"村子里全是雾，路不太好走，只能慢慢开。竹海那儿的雪还没化，我拍了几张照片。"他对我妈说。

我们今天去碧山村，离宏村只有十几里路。爸爸执意要带我去碧山，我有些惊讶，以为他知道"碧山计划"的事。我在北京见过欧宁老师一面，在一个有很多艺术家在场的沙龙。知道有一个艺术家在故乡隐居，且引起了不大不小的关注，让我对他有种莫名的亲切感，不过当时到底没有上前说话。

我跟爸爸说起欧宁和碧山书局，显然他对这个书局一无所知，只是想带我去看看而已。路上，妈妈说起了她舅姥爷的故事。他是一个徽商，有着惊人的吃苦能力，20世纪30年代，一个人步行推着车子去江西贩盐，一去一回就是小半年。贩盐赚来的钱就买地，一小块一小块地买。十几年之后，他有了一大片地，成了当地的大地主。他琢磨着在上面盖房子，正如数千年来徽商所做的一样。然而土改来了。他的地全被没收，好在命没有丢，余下的几十年里承受着儿孙对他无休止的抱怨和冷眼。

"如果当时，他用贩盐的钱送几个儿女去读书，不要把所有钱都花在买地上，家里会出更多读书人。"妈妈说。

我看着窗外。阳光真好，车子慢慢从山腰下到山坳里。田地尽头有一座古塔，再远处就是碧山村。和徽州的其他村落一样，重重叠叠的马头墙上扯着一两缕细细的白烟。窗子外头有草木香气。

开到路口，前面分成了三个岔口，没有一个标志。尝试着往右开了一小段路，问一个在门口择菜的老奶奶，她笑的牙花露出来，用手指着左边。我们折回去，把车停到路口那里，爸爸无疑有些失望。在他的想象里，碧山应该是一个门庭若市、熙熙攘攘如西递、宏村的景区。

徽州被人误解很久了。人们着迷于鎏金的木雕、低矮的莲花门、漂亮的马头墙，甚至是断壁颓垣、荒草冷月，向往这种悠然自得的生活方式，但是这里有很多臆想成分，很多杜撰和粉饰。徽州古民居窗户开得极小是为了防盗，马头墙是为了防止邻居火灾蔓延于己，风水上有强烈的聚财心理。徽州就像我妈妈的舅姥爷，务实、严谨、保守，眼界狭隘，让人感到局促和压抑。可是写安徽一切不好的东西都让我觉得不开心。人们对故乡的爱里总包含着忍耐，幻觉以及对某些缺陷的视而不见。

我们到了碧山书局门口，一张讲座海报贴在外头的土墙上，对面一户村民站在外头一边嗑瓜子，一边和邻居唠嗑，院门大开，里头传出流行歌曲的声音。

书局开在一栋徽州古宗祠里，天井比起一般古民居要大很多，阳光从天井里洒下来一小块，落在小花圃的盆栽上。门口左边的柜台上有咖啡机和高脚杯，还有先锋书店的小纪念品，里面站着的店员姐姐跟我们打了声招呼。

往屋里走，愈发阴冷。堂屋的三面墙被书柜塞满了，上方的墙上贴着外国文学家的海报。有海明威、波德莱尔、约翰·福克纳、萨特，还有不知名的黑白剪贴画。书柜前面有两排摞书的长几，像是以前老家具改的，显然是放书的地方不够多，几把塑料椅子、木头凳子上也放满了书。抬头往天花板上看，有几盏欧式吊灯，楼侧的储物间用深红色天鹅绒布遮着，一时间让人觉得时空倒错。

回身一看，一个老头拿着保温杯站在门口，瞥了我们一眼，慢慢踱到柜台对面的一张小桌子那里。站了一会儿，喝水，咳嗽，扫地，干完一通才走到桌子后面，把脚插进桌子下头的火桶里。

我站在一本徽州史志面前看入了迷，妈妈绕到另外一侧有阳光的地方，拿了一本说基督生平的书翻了翻，然后趴在柜台上跟店员姐姐聊天。

快过年了，来书局的人一天也没有几个。这个姐姐被从南京先锋书店总店调过来，村子里把古宗祠免费租给他们当书店，是为了吸引更多的游客，也让碧山村增添了一些文化气息。我妈问她过年回不回家，她摇摇头。对面的老先生算是碧山村小有名气的文化人，叫汪寿昌，书店门口的手绘明信片就是他画的。

在书局里盘桓了很久，走出去在阳光下站了一会儿，往村子远处看，满眼遮挡不住的冷清和萧索。一座已经废弃的古民居耸立在我面前，抬头看那个陷进墙里的高高的小窗户，一股疏离感立即蔓延开来。

我和妈妈在碧山村里逛，看见一座祭孔的小庙，神像面前没什么香火，庙里贴着一张残破的大字报，标题是"世人须防老来难"。开头四句这么写着："世人须防老来难，劝君莫把老人嫌，当初我嫌别人老，如今气到我头前……"庙旁是一家几十年前建的农村供销社，"供"字已经掉了，大门紧闭，门口的大水缸上晾着一根拖把。对面的小卖部门口，几个女人在闲聊。

一个小伙子拖着一长串鞭炮，骑着小摩托车从我们后面绕过去。没过多久，就听见了震耳欲聋的鞭炮声和嬉笑声。有老人挂着拐杖从院子里探出头看，表情木然，过一会儿又缩了回去。

皮南的乡村非常干净，干净得有些生分，似乎也沾染上了徽州人强烈的自尊心。在这些散落在黄山山脉中的各处村落里，见不到肮脏的垃圾堆，臭气熏天的茅厕和猪圈。我们围着碧山村绕了两圈，地上连块纸屑都没有。

走到欧宁开的理农馆前面，大门紧闭，上面挂着"春节期间不开放"的牌子，右边已经褪成白色的海报上有一张读书会的告示，题目是《孟子·滕文公上》，提要那里写着"中国农制图景"。作报告的叫王基宇。

我跟妈妈详细说了欧宁的"碧山计划"，一帮艺术家为了振兴农村、丰富农村文化生活所做出的努力，开书店、开艺术展、举办碧山丰年祭，以及他因为知识分子的身份遭受的质疑。妈妈听着，问我什么是乌托邦，理农馆里的艺术展都有些什么。她佩服他，同时也觉得这种理想难以实现。对妈妈来说，她所熟悉的农村是山野里的鸟兽草木，是水源头那里洗衣灌田的农妇，是地里的庄稼，被圈养在屋与屋之间狭窄过道里的草鸡，她从小如此长大，也知道这些东西才与村民的生活息息相关。

尽管现在的乡村已经和四五十年前有所不同，但是本质没有改变，改变的是一些外在形态。当年贩盐买田的小伙子如今变成了无数外出打工的青年，每年回家一次，开着小汽车，从年初一到十五耗在院子里打牌打麻将，把迪斯科音乐开到最大。他们热爱生活、梦想富裕，可是文化和艺术这些东西依旧与他们无缘。

我和妈妈都喜欢农村，但也知道没办法在这里长久生活，聊天的时候，我们互相袒露自己的困惑和无知。妈妈学医出身，不太懂文学艺术，对这些东西也不是特别感兴趣。但她愿意为了我去尝试了解这些，去书店，到农村，到山里，和我分享她的体会。和妈妈在一起，经常有一种迟钝的满足感。有时候，这种迟钝特别清晰，觉得自己站在时空之外看着自己和她说话，然后反复回味这一刻。

人生中的每个阶段和妈妈在一起的感受都是不同的。小时候，妈妈是依赖，是多种具体事物的混合物：冬天热气腾腾的羊肉粉丝汤，衣柜里叠好的有阳光味道的内衣，从窗户洒进来的光线中的游丝，八位数字的电话号码；少年时代，妈妈是被排斥的那一个，她突然间变成了某种动物，像敏锐而机警的鹰隼；现在，我渐趋成熟，我们突然能够心平气和地交谈。

下午五点，我们离开碧山村。碧山给我的感觉不仅仅是美好、亲切，还有伤感、宿命和疏离。很庆幸它还是一座乡村的样子。我知道这种想法很自私，因为村民们都希望碧山能变成另一座宏村，另一个景区。也许等我下次再来的时候，它会变得很不一样，但是某些感觉已经永远保存下来了。

端午野食记

打小住在河边上的人，对三种活物非常熟悉：蛙、鹅、鸭。这三种活物叫声都非常大，每每到了盛夏，晚上七点刚过，空气里湿气沉落落，将雨未雨之时，就听蛙、鹅、鸭叫声连成一片，像几千只蹲在你头上，聒噪里带着股忍不住的喜悦。

青蛙的叫声属于和尚念经式，不分彼此，没有高低音部，把混混沌沌的睡眠背景填满了；老鹅一副很优雅的样子，把脖子抻得长长的，在河边踱来踱去，但只要遇到陌生人就会张翅大叫，摆出一副搏斗的姿势；鸭子叫声忽大忽小，突然静下来，又突兀地来几下。雨停了之后，它们才静下来，众生安眠。

日头升上来之后，卖鸭子的老汉就把笼子推到街面上，里面的鸭子被草绳绑住了嘴，挤作一团，旁边盛稻谷的脸盆里都是鸭毛。笼子前面还搁着竹篓，里面是新鲜的鸭蛋。

我从小对鸭子有心理阴影，因为它腥气重、聒噪、湿漉漉的浑身是泥，只有端午节那几天是格外喜欢的，因为能斗蛋。

在安徽，鸭蛋不算什么稀罕东西，是每家每户早晚必备的小菜之一。河边的渔民几乎家家户户养鸭子，腌鸭蛋。只一点和其他地方不太一样，就是腌出来的鸭蛋可以空口吃，鸭蛋蛋白并不咸，蛋黄也很入口。饭点到时，经常能看到四五岁的小孩子站在河边上捏着只鸭蛋空口吃，水都不喝一口。不过到了端午前一周，家家的小孩就开始对鸭蛋格外爱惜起来，不要说自己不吃，就连大人吃也要哭闹一阵子，为的就是在那几天选出个头最大、颜色最好看的一只，用红线络子打出来的蛋网挂在胸前，带到学校去。

好多年没有斗蛋了。去年回老家收拾东西，在放木头玩具的铁皮盒子里扯出来一条靛蓝的蛋兜，最上面还打了个中国结。想起来，是三四年级时斗蛋用的蛋兜子，我嫌红的俗气，特意让妈妈做了个蓝色的。里面装的蛋不是平常腌好的鸭蛋，而是小福叔叔带我去摸的野鸭蛋。

说到斗蛋，什么样的鸭蛋最硬，个头最大，百斗不碎，每个淮河边上的小孩心中都很有一套。野鸭蛋自然是斗蛋之王，不过要是弄不到野鸭蛋，有两个法子能让家养鸭蛋变硬，一种是在水里加盐巴，把鸭蛋煮熟，停了火，候一会儿，再煮，反复数次；另一种是把鸭蛋放在煮过粽子的水里过夜，蛋壳不仅会变硬，还有一股苇叶的清香。

174

养鸭和养鸡养猪不同，鸭子要放养在水里，吃小鱼小虾才长得肥，不掉膘落斤两，但是赶鸭子也很有风险，因为河沟港汊多，密密麻麻长着芦苇，鸭子只要一受惊，就容易四处逃窜，钻到芦苇丛里。所以我常看到鸭贩子在鸭蹼或者鸭嘴上面做记号，划个"十"字的是李老汉家的，划个"八"字的就是刘老汉家的，以区分不同，今天丢了，明天去河里指不定还能找得到。而家鸭被野鸭子拐走的也不少。

野鸭子下的蛋大、蛋壳坚硬、呈青粉色，放在阳光下面一照还是透明的，这种蛋就算一不小心掉在碎石地上也不容易破。

小福叔叔是安徽五河县的农民，快30岁时来城里做工，在我们院子车棚里看车。他见人总是腼腆地笑，是个会修车，做木工、电工的能手，我特别喜欢他。以前爸爸给他看过病，所以他每年端午送鸭蛋和粽子给我们。有次闲聊，他听我说端午节班上要斗蛋，就说带我和他儿子帅帅一起去五河的芦苇荡子里摸野鸭蛋。

五河是淮河中下游的一个县，因为境内淮、浍、漴、潼、沱五水汇聚而得名，有大片大片的水田和洼地，而塘、汊交接处很容易形成芦苇荡，其中野鸟、野鸭和大雁特别多。但因为五河地处淮河中下游，所以随时处在大水的威胁之中。1998年淮河发大水，五河、凤阳县被淹，几万农民纷纷坐船到周边的城市落脚。

人类遭了灾，对野生动植物来说却是天堂了，荡里的野鸟野鸭特别多，常在芦苇荡深处筑巢，如果不拿划筏子的篙子拍打水面吓唬雌鸭子，它会为了护蛋去啄你。小福叔叔特意嘱咐我们穿了长衣长裤，自己寻了只筏子，把裤腿卷起来，露出静脉曲张的小腿，篙子在水上一点，船就没入芦苇荡里。

船到之处，是一条清澈见底的水巷，只容得小船行走。帅帅手里拿着渔网，撅着屁股在水里捞小若银钉的鱼，说是捉回家给他家猫吃。芦苇荡边，间或有浮萍和辣蓼儿，还飘着花朵一般的菱角秧子，我薅了一两根缠在手里元。

风呼呼地刮过来，苇梢晃动发出飒飒声，像蚕吃桑叶的声音。天空白沉沉的，是个极舒服的小阴天。小福叔叔突然嘘了一声，篙子一撑，水巷拐了弯儿，生了汊，荡子里的芦苇越来越密，不时有野鸟被惊飞起来。我看到一只浑身灰毛的野鸭子从船头侧面钻到水里，赶紧指给他看，他说那不是野鸭，是水葫芦，一种比野鸭子更小的鸟类，受了惊会潜水。

帅帅突然把网兜一扔，指着右边说："我看到蛋了！"我赶紧从船尾跨过去，趴在船缘上，果然看到芦苇丛里有一处毛絮絮的小窝，大概也就巴掌那么大，上头除了树枝子都是白色的毛，一摸，肯定不是鸭蛋，鸭蛋没有这么小，抓到手里看，蛋壳是花皮的，跟人的大拇指差不多，一共 12 个。小福叔叔说这是鹌鹑下的蛋，不是鸭蛋。我们并不失望，反而兴奋起来，趴在船上左右顾盼，恨不得从脑勺后面再长双眼睛。

继续往前划了一会子，就看见西边不远处一只毛色很浅的鸭子慌张张飞起来了，但是并不飞远，在空中打着旋。小福叔叔说："有了！"使劲往西边划。大老远看见一个很大的窝，有草帽这么大。离窝不到一米的时候，斜刺里突然飞出一只野鸭，呱呱叫着，很哀怨的声音，在天上盘旋着，并不飞远。窝里的野鸭蛋个头足有一般鸭蛋的两倍，颜色青中透着粉，有的还沾着鸭屎。帅帅一个接一个往兜里揣，小福叔叔说："留两个在窝里吧，别全掏走了，我再带你们去掏点鸟蛋。"

在芦苇荡里能捡到各种颜色的鸟蛋。花皮的，黑亮黑亮的，黄色的，绿色的，带紫点点的，不过还是白色的蛋最多。但野鸭蛋是最好吃最有营养的蛋。

那天我们总共掏了三窝，收获野鸭蛋 20 枚，回家之后我爸听说我摸了鸭蛋，非常高兴，让我妈给我留三四个，剩下的拿盐腌好，过两天就能就粽子吃了。

当年斗蛋比赛，我们班有个小胖子把他妈妈腌的几十枚咸鸭蛋全带来学校斗，结果拎着一兜子破蛋回家，被他妈一顿好打。至于我摸来的野鸭蛋有没有"各个击破"，我已经记不清楚了。

腌鸭蛋的最佳季节是在五月份，也就是端午节前一个月。这个时节水暖鱼喧，港汊里的小鱼、虾子和水草都很丰盛，鸭子吃了活食之后，就会产红心蛋，切开之后有油淌出来。吃这种鸭蛋一定要配白粽子，才能吃出粽子的火香。

说起安徽的粽子，和现在超市里卖的各式鲜肉粽、蛋黄粽、红豆粽不同，我们大多吃白粽子蘸糖，口重的，就佐以咸鸭蛋或者雪里蕻炒笋。有人觉得吃白粽子太淡，没有肉粽好吃，其实白粽子能留住箬叶的清香，和糯米的米香混在一起，清淡隽永，才是人间至味。

吃白粽子的传统一千年前就有了。陆游在《春晚叹》里说："老夫久卧疾，乃复健如许。便当裹米枬，烂醉作端午。"米枬指的就是白粽子，为了在端午吃粽子，连病都好了。

河边上的渔民们包粽子喜欢用大盆，端午节前几天，傍晚去淮河大坝遛弯儿，总能看到河边有两三妇人，蹲在石头牙子上，手边一只巨大的褐色澡盆，里面放着箬叶、草绳、淘洗干净的糯米还有几岁大的娃娃。娃娃坐在盆里用叶子挑水玩，妇人在旁边絮絮扯着闲话，边拿着箬叶极熟练地弯成漏斗状，握一拳糯米填进去，压实，用草绳捆三道，放在钢筋锅里。

皖南歙县、黄山、铜陵山区那边，端午节会做"野火饭"。就是在野外田垄山沟里现摘蚕豆米子、笋，然后搭土灶，把蚕豆米、笋子和咸肉、糯米一起用大铁锅煮。米和豆子可以是自家的，咸肉一定要去别人家"偷"，且锅灶最好搭在桃树下面，据说能辟邪祛病。

童年时，每年春夏之交，爸爸妈妈总是带我去山里。五月底，荠菜早已开花，香椿头、马兰头、枸杞头、观音菜、水芹、蕨菜，各种野菜占据山野，端午节这天，山民们把灶搭在屋子外头，点好火之后，就把刚在地里摘的湿淋淋的豌豆、滚热的腊肉，洗剥过的笋尖和糯米都放进锅里，锅盖用砖头一压，等吧。

饭熟了之后，掀开锅盖，豌豆新嫩，腊肉醇香，腊肉下的油全都浸在了米饭上，饭粒子一颗颗晶莹剔透，油亮可人，盛出来七八碗饭后，锅底还有一块金灿灿的锅巴，众人分而食之。

其实山里的腊肉可以直接切片吃。一般的农民干了一天的活儿，直接从房梁上切点腊肉下酒，而北方人往往觉得茹毛饮血，无从下口。其实欧洲中世纪就有民族生吃腊猪肉，《维京人传奇》里就有这样的镜头，把腊猪腿剁了生吃。

周作人在散文里曾经写过南方人喜欢生啖鱼肉，还有所谓"生吃螃蟹活吃虾"。嘉兴著名的醉虾，就是鲜虾拣净入瓶，椒姜末拌匀，用炖滚的好酒泼过，加盐、酱生吃。醉蟹也是一样，用高粱酒"醉"了之后直接吃，掰开了盖子的蟹黄晶莹剔透，十分惹人食欲。安徽这边也会腌。以前我们家经常腌醉虾，现在觉得不卫生，不直接吃了。

　　最近几年在北京过端午，已经吃不到白粽子，也没有新鲜的野鸭蛋就饭了。

岁灯

今年过年我没回家，打电话跟我妈聊天，她说年二十九那天，她去老房子那里贴对联，还烧了一只大公鸡端给云姑姑的老母亲。我问云姑姑现在好吗，我妈叹口气说，她澡堂子不干了，收掉了，现在在火车站旁边租了个门面给人家理发，晚上就睡在里头，日子倒还过得去。我想起云姑姑，就想到元宵节，还有元宵节的灯笼。

元宵节在我们安徽那边叫灯笼节，是过年过到十五的压轴大戏，在小孩子眼里，打灯笼比放鞭炮、串门子、吃零嘴有意思多了，也是压岁钱正式派上用场的一天。那天，街上所有的小孩子全都出来点灯笼，"捉鬼"，玩完儿一轮，跑家里塞几个元宵饺子到嘴里，继续出来放灯，跑到河坝子上看大人"送鬼"，玩到午夜为止。家里没有小孩的也出来闲坐，觉得灯火可亲。

二十年前的皖北小城还没有高级的电灯笼，只有纸糊灯笼，用杨树枝子穿在红线绳上吊着，灯笼的身子像南瓜一样圆滚滚，下面留着长长的红缨子，蜡烛火光在灯笼里载浮载沉，或明或暗地跳跃。那个时候灯笼样式挺多，最简单的是做成南瓜、西瓜样式的椭圆形纸灯笼，用的纸很瓤，里面用竹篾一圈一圈撑着，肚子里用两股细铁丝扭成一个小小的圆口，把蜡烛卡在里头。这种灯笼不能折叠，很占地方，买回来就得打出去，寿命最长只有一个小时，还不能快步走，走得略快一点蜡烛就会烧到纸，付之一炬。

还有一种纸灯笼是折叠的，不打的时候压平，打起来用小棍子一提，就成一个圆筒，外面画的自然是一些古代仕女图、牡丹图，还有一些把我们小时候背的《声律启蒙》印在上面，什么"云对雨，雪对风，晚照对晴空。来鸿对去燕，宿鸟对鸣虫"。

再高级一点的，就是用绸面和木头做的高级灯笼，上面或草木鱼虫，或花鸟山水，最厉害的是里面的蜡烛芯子用一个塑料小帽子护住，上头留一小孔，既能防止小孩拿着灯笼跑火焰烧到，还能防止风吹熄了，这种高级货要十六七块钱一个，在当时是很大一笔钱，愿意给小孩子买的家长很少。出去串门子，经常看到手里捻着炮仗的小男孩们站在铺面外头，对着墙上摆的一系列绸灯笼痴痴地看。

我家后院的街面上，卖小东西的店铺有三家，离门口最近的一家店主姓石，每天上下学回来，都能看见他端坐在一把竹凳子上，抱着茶壶闭目养神，旁边地上晒着几扁担腌好的萝卜干和冬笋，日光下，几只蝇子围在上面绕来绕去。我照例喊一句石爷爷好，他敷衍似的点一下头，装作摆弄玻璃柜里零食的样子把脸埋下去。

石老汉喜欢穿一身蓝布褂子，戴个蓝色老人帽，一身蓝的颜色很深，好像衣服从来没过过水，褶子捋得都直溜溜的，衣服袖子照例短一截，露出里面的白汗衫。他非常敦实，胖，但是胖得很精明，肉都收在骨头上，没有一般胖子的舒展感。他眉毛短粗，眼角往上挑，嘴巴非常小。相面书上说这种嘴是蟾蜍嘴，不漏财，人偏悭吝。我很相信这个，因为他对我们街面上的小孩，通常是一分钱都不饶的，一袋"老鼠屎"两毛五就是两毛五，两个话梅一毛钱就是一毛钱，少一分都不卖。我们心里都暗暗讨厌他，给他起了个外号叫"石老怪"。

但是到了元宵节，我们就没有别的选择。因为附近只有"石老怪"一家卖灯笼，否则就要跑到两条街以外的国强路去买。而且一般大人给小孩买灯笼只会买一个，到了元宵节晚上，前半个小时几乎每个小孩都会烧掉一个灯笼，急匆匆跑到"石老怪"家再买一个，那时候谁还在乎他讨不讨厌啊，有灯笼打才是正经事。所以他在小孩面前非常拿腔作调，一副土皇帝的嘴脸。

到了后几年元宵节，我们小孩都去找云姑姑了。她是个杂家，会做灯笼，会给人剪头发、贴膏药，还烧得一手好菜。云姑姑和她妈妈、哥哥住在我们后院西边靠河的楼里，旁边种着一棵大槐树。她自己还在后院辟了一小块地种乌青菜。乌青菜经霜，菜叶子的边缘是紫红色，味道苦中泛甜。

她一家人都是孤苦伶仃的命。老爹老娘原是淮河治理委员会的工人，她爸有天晚上喝了酒在河边走，第二天早上被打鱼的人发现淹死在河里。她哥从小在外面跟小痞子混，挨到高中毕业，被送去四川那边当兵，后来跟人打架打瘸了，从此就在家待着，一个月拿三百元的残疾人补贴。她自小很老实，十几岁就能在家帮她妈做饭，高中毕业之后就到理发店做了学徒赚钱养家。我妈经常说，如果不是因为她哥哥拖累，她现在日子一定过得不错。

她23岁那年我4岁，经常去她当学徒的理发店剪头发。她生的浓眉大眼，脸颊一笑就鼓起来，头发云鬓似的吹在额前，胸脯高挺，虽然有些胖，但是那种丰腴的胖，让人想亲近。她不仅给人理发，还给人刮胡子，用起剃刀来很麻溜，肥皂水沫子打得足足的，用毛巾把子先把人脸净了，再舒舒服服给人把头发包好，用手护在喉咙那里轻轻刮，没有几下，嘴壳子就刮青了。刮好了还给人捏背。她手劲大，力气足，捏起来骨气砰然，每个人都舒服地叫唤。我去她们店里几次，看见很多熟客都点名叫她。

24岁那年，她嫁给了肉联厂的一个工人，是她老姨给她说的媒。说是肉联厂效益好，到了年底还有分红，男人是家里独子。年底她就嫁过去了，搬出了我们街。

我没见过她老公，总之有两三年，她音讯全无，理发店的工作也不干了，说是搬到张公山四路公交车终点站那里住，反正没有熟人看到她。她妈那时候身体还好，天气好的时候经常端个凳子下楼晒太阳，和对门的刘奶奶叙话，无非是让别人给她儿子相亲，说自己老了，房子必定是归他儿子的，去年还给儿子上了几万块钱的保险，等他40岁之后一个月能拿三千元，却是从来不提云姑姑的。

有一次，她在楼下晒鞋垫，石老头正好出来收萝卜干，顺口问她一句："你家云怎么最近也不见回来。"她嘴瘪了一下，说："养女儿有什么用，养条狗还知道念旧主，养女儿就是20年往外赔钱。"嘴里骂是骂，脸上渐渐失了色。石老头说："云在婆家怎么样？"她妈眼里立即涌起两泡老泪，说反正自己也是管不了了，没办法，个人的命吧。后来不知怎么的，云姑姑的事情就渐渐传开了。说是肉联厂那个人天天揍她，还在外面找了女人，整晚不着家。现在正在闹离婚。

街面上的人开始把云姑姑的事反复嚼起来。又过了几个月，云姑姑搬回来住了，闲话仍是没有打住的意思。人家只是不当着她的面说了，她一进家门，又立刻开始议论起来。而她始终很坦然，每天推着她母亲出来晒太阳。小市民堆里长大的孩子，对街坊邻居的闲言碎语多少是有点免疫力的。前后左右到处都是喋喋不休，带讥讽性的闲话，讲归讲，翻过身来又是照样热络。也有不少人给她说媒，大家终究还是关心她的。

她在家的处境却是越来越不好了。她妈对着别人总是和颜悦色的，可对着她却总是一副恨兮兮的样子。有一次我放学回家，看云姑姑端了一大碗饭站在路口，干饭上铺了糖醋小排、豆角烧肉，浓油赤酱把米饭浸得亮油油的。她妈用眼睛斜着瞧她，嘴上说："怎么搞的，你是想躺死你老娘吧？满打满算三两米饭你搁了多少酱油？酱油不要钱国强路随便打？"云姑姑就端着饭站在边上，一副任打任骂的样子，看见我走过来，脸上还是笑笑的。

她又重新回到理发店去上班。不是那种正规的理发店，是澡堂子附带的理头室，就在澡堂楼上。一些老头子泡完了澡，穿着拖鞋光着膀子直接到楼上理发刮胡子。闲的时候，云姑姑就给人代打毛衣，一件五六十块钱。她给我打过两件毛衣，一件高领，一件荷叶领，上面有小兔子和小鸭子，死活不要钱，说都是一个院子里的。我妈去拿毛衣回来，说她那个理发室冬天倒是暖和，下面澡堂子免费提供蒸汽，房间上的玻璃永远雾蒙蒙的。

小孩子其实是一种势利的动物，心思直接，我们总在元宵节的时候才会想到云姑姑。云姑姑在理发室给人烫头发用的是一种铝箔，薄且透光，她那里还有卡纸，不知道是做什么用。有一年元宵节，她拿那些没人要的东西做了一个非常漂亮的灯笼，外壳是用铝箔做的，银光闪闪，里头的蜡烛用的不是一般市面上通行的细蜡烛，也不是白蜡烛，而是粗花纹状的矮胖蜡烛，烛芯被掐得很短，点起来火苗不大，整个灯笼有种童话感。

她做这个只是纯粹好玩，没有要把它打出去，做出来就放在床头柜上。后来她们楼下有个小男孩跑去她家玩，看到了这个灯笼，死活哭着要，云姑姑就把这个灯笼送给了他，哪晓得这个灯笼被一打出去，全后院的小孩子都跑去找云姑姑做灯笼了。我八岁那年的元宵节，一院子小孩几乎都打了云姑姑做的灯笼出来。我永远记得那个场面，初中时学唐诗读到苏味道的《正月十五》，里面说："火树银花合，星桥铁锁开。"我就想到那天晚上。"火树银花"这四个字，是为云姑姑的灯笼量身定做的。

安徽这里有个习俗，年三十下午会给家里过世的人烧纸钱，到了正月十五的晚上还要送灯，也叫"送鬼"，让这些离开的人行前带支灯，好走下面的路。"送灯"就是在坟前点一支蜡烛，在地上撒些酒，再用个敲掉底的酒瓶子把蜡烛罩起来。有一年元宵节，我去河坝上看放灯，在河滩上深一脚浅一脚地走，走着走着就看到云姑姑了。她蹲在轮渡口，整个人蜷缩着，面前有支蜡烛盖在酒瓶底子里。

我走过去喊："云姑姑。"她扭头跟我招招手，让我过去，说："你帮我看着火吧，我怕跑蹿了。"我点点头。她跑到旁边去，从一个红色塑料袋子里拿出来一个纸房子，一个纸灯笼，还有一辆纸小汽车，然后把酒瓶盖掀掉，放在火上慢慢烧化了。

"爸啊，我给你买了个大房子，你看好看吗？还有这个纸灯笼，给你照照亮。还有辆小汽车，你看可漂亮。"她对着那团火说。我突然想到，云姑姑的爸爸是掉在河里淹死的。

那天晚上河坝上都是星星点点的火光，美丽且凄凉。

又过了三四年，云姑姑的老哥终于出了事。他从部队里转业回来之后吃喝嫖赌，整个人放荡得像匹野马。那年冬天，他把解放路一家做瓷砖生意的大女儿给睡了，当然也没有什么后果，但姑娘的家人还是带了一群人跑来我们街上闹了一出，说是要付她女儿"青春损失费"。他们家哪里有钱，早就被他拿去打麻将输掉了，只能把院子里的房子租出去，一家人搬到了理头室。从那次以后，云姑姑一家就离开了我们这条街。

那么多年过去了。听我妈说，他们一家身体都还算好，云姑姑还是一个人，她哥哥现在貌似也学好了，出去给人家开摩的，她妈每天晌午头就让她哥用摩的拉到河坝边上，坐在大柳树下晒太阳。

听说，河坝上要建一座公园了。

一碗白米粥

今年五月，我出差顺便回家，刚开门便看见地上一篮子的蒜，拎起来掂掂，起码四五斤，个个裹着新鲜的泥，白里透紫，蒜衣丝丝缕缕剥落下来，胖乎乎的。我妈带个围裙从厨房里探出头，笑意盈盈。

我说怎么买这么多蒜。她说："你爸这两天口淡，想吃口酸甜的。我看坝上有农民推着板车卖，这么一大篮子，猜猜多少钱。才3块钱！想着腌好了给你爸就粥吃。"

我爸从20世纪60年代走过来，家住在山上，上学的时候，一回头就是无边无际的山峦，从小放牛放羊，晚上回家一身臭汗，一脚牛屎。十四五岁的年纪，他视鸡蛋为山珍海味，他的姐姐看他吃不饱，把自己的鸡蛋偷偷切一半给他。晚上写作业点煤油灯，他眼睛被熏得直流眼泪，也只有红糖水补一补。后来，他高中毕业，被下放到条件更差的皖南农村，没条件读书，就把英语单词写在手背上，扛着锄头去地里干活，一低头，鼻子就流血。

几乎是稀粥养到19岁，上了大学之后，个子竟然也蹿到一米七五。那个时候已经到了80年代，医学院学生一个月的生活费是12块钱，平均一天也就三四毛钱，早上5分钱买一份馒头稀饭，加两分钱的咸菜，中午花一两毛钱吃一份白菜加肥肉片，晚上依然是馒头咸菜。

三十多年过去了，日子一下变得好过太多。可对食物的那份馋，到底是埋下了。刚工作那几年，他就爱吃肥的，最好是五花肉三层，一咬顺嘴流油。后来，好吃的东西也着实吃了不少，鲍鱼龙虾鹅肝酱也都尝过。安徽属于南北交界，又挨着淮河，一年四季山上跑的，地上爬的，河里游的，都容易吃到口。

夏天就更丰富了，沿着淮河走不到5分钟就是蚂虾一条街，六月一过，街上都是坐着喝啤酒吃蚂虾的人。卖麻辣串的地方兼卖烤螃蟹，5毛钱一串，小孩子经常撅着屁股在路口吃，吃到嘴唇破掉，还是有卖不掉的小螃蟹被一筐一筐扔在河滩上。

而一直不变的早餐和晚餐是咸菜就粥。吃三十年，五十年，一百年，也吃不厌。

安徽大米长得瘦长，吃了不长肉，蒸出来晶莹剔透，上面还有一层米油。煮粥比起煮饭来学问要大得多，米淘洗几遍，水放多少，煮多长时间，煮开之后又要晾多久，都有讲究。煮不好的话就容易扑锅，或者夹生，抑或是水和米分开，达不到那种水米交融的视觉和味觉享受。

以前我家住平房，邻居奶奶煮粥喜欢放一点食用碱，这样煮出来的粥就比较黏稠，口感好。我妈煮粥从来不放碱，而是提前把米泡个二三十分钟，等米吸收水分，泡软了，再用小火煮一个半小时，水滚的时候多搅拌几次。如果前一天有吃剩的半个馍馍，就等粥滚了之后，捏成小块喂进去，粥会变得稠，但是米吃到嘴里还是颗粒分明的。

我和我爸最喜欢喝的就是白米粥，什么都不加，只是白米，喝的时候碗边上横着根腌好的萝卜干或者蒜瓣。咬一口能下去两大碗粥，喝完浑身像是拱进羊毛毯子里一样暖，脑门子那里胀胀的，晕晕的，思维好像停滞了，索性坐在饭桌前发起呆来，看着窗前的阳光软黄下来，渐渐变成深蓝。

皖南地区的人比较有口福，一年四季都有笋吃。黄山、金寨那边，四月份的时候，山里的人每天天不亮，就扛着竹篓去山上拔笋。山里的清晨总喜欢下一点小雨，两个小时不到，笋子就从地里冒出来了。山民用竹篮子装一篮，回来剥笋壳，用开水汆一下，然后剁得碎碎的和肉丝一起炒。炒到六七成熟的时候，笋子的那股寡味就融合了油气，变得平和起来。炒一大盒放到冰箱里，每次喝粥时夹上一筷子，能吃大半年。

腌蒜瓣就比较容易，因为大蒜不受地域限制，在花盆里种也能长出来。腌蒜的时候，先加适量盐到凉开水里，然后把蒜瓣外面那层皮剥掉，在盐水里腌一天，然后准备好红糖和醋，大概是十比一的比例，融进开水里，等水凉了，就把蒜和水放进密封的坛子里，用保鲜膜封好，腌个三五天，基本上就入味了。其实腌蒜说起来容易，腌起来也很有讲究，比如不能用白糖，蒜容易变绿，水也必须是开水，否则蒜容易长毛长霉。

腌好的蒜瓣酸酸甜甜，非常开胃，吃了还想吃。现在这几年，开始渐渐流行吃黑蒜，说是富含微量元素，我吃过好几次，酸甜，但是没有蒜味，吃起来没多大意思。

前段时间去新疆，看见乌鲁木齐当地人吃拌面的时候，通常问服务员要一头蒜，扒一口面，生吃一个蒜瓣，心中颇为所动，也想试试。掰了个蒜瓣丢到嘴里，一股生腥冲气蹿到脑门，非常醒神。

除了白米粥，我妈最爱做的是芋头粥，初秋的芋头刚下来，很难煮，粥沸了也还是呈块状，我总是迫不及待用筷子夹出来，连吹带咬地吞下去，但也觉得很过瘾。入了深秋，芋头越来越甜，越来越糯，融在粥里，金黄丝丝缕缕入口，再配上一口酸萝卜，啊，那滋味。

在年轻人心里，粥可能不是什么美味佳肴。一来年轻人口味总是激烈，不爱汤汤水水；二来光喝粥到底是填不饱肚子的。但是在抚慰人心方面，任何美味佳肴怕都比不上简简单单的一碗粥。外头的餐馆很少有粥铺，这就限定了粥的私人性质，每一家的粥有每一家的味道，最好喝的粥都是妈妈做的粥。像我生病或者胃不消化的时候，心里头想的也不过是妈妈亲手熬的一碗粥而已。

　　从什么都吃不到，到什么都吃腻了，这几十年中间似乎没什么过渡。而这确实是我们正在经历的。有时候胃自己会觉得空虚，就是因为没有经过正常的、温润的、饱满而不丰满的食物的抚慰，总觉得腹中有一处地方怎么也填不满，吃什么都吃不到心里去。每当这个时候，我就想到一锅香气四溢的白米粥，在我耳边不停咕嘟咕嘟地响着。

船上女人和鲫鱼豆腐汤

　　小郑怀孕的第四个月哭了两三场，千不该万不该，就是不该烧着煤气炉子睡觉。淮河岸边的初冬，月亮刚刚变红，北风就悄悄刮起来了，水泥平房里头，坐哪儿都觉得手脚冰冷，人和动物都缩成一团，打狗不出门。

　　那天晚上，宇成去上小夜班，小郑一边听着广播，一边烧着水，靠在床上迷迷糊糊眯着了。半夜一点多，宇成下夜班，一开门，屋里一股煤气味儿，心里咚咚打鼓，三步并两步推开窗户，使劲摇她："醒醒！快醒醒！不能睡了！"

　　宇成半夜背着昏睡的小郑到医院里吸氧，折腾一宿，第二天做了B超听了胎动，两个主任都有点拿不准。虽然小郑有轻度煤气中毒症状，但胎儿看起来没太大问题。怕就怕现在看不出来，生下来有问题，都建议她拿掉。

　　小郑那几天失魂落魄的，下班后走在淮河河滩上，江流浩浩，天气微阴，有小孩缩着手跑过去，惹得她眼油子默默冒出来，一颗泪珠流进嘴里，咸滋滋的。她吸了一下鼻子，木木然在河边待了一会儿，听见后头有脚步声，是宇成。他站在她后面，握住她的手。

她决定把孩子留下来。就算是个弱智，她也认了。

下午照常去计生办上班。跟她坐对面桌的徐梅看她脸色不好，也不敢安慰，拎着凳子跑到门口，翘个二郎腿，坐在太阳底下嗑瓜子，一张厚背对着她，虎虎生威的。

小郑低头批单子，过了半个多小时，听见外头大声嚷嚷，就看一对夫妇蹩在门外墙角那里，头佝偻着。

男的约莫三四十，肩宽如牛，脸干似纸，眼白泛黄，寸头直立，穿件藏蓝色的夹袄，衣服下沿整个往外面翻着，棉裤短了一截。女的整个缩在男的后头，只隐约看见头上戴的枣红色毛线帽子和脚下一双红棉鞋。

小郑放下笔走出去，就听徐梅说："跟你们说了三遍了，先去派出所开证明，开了证明再过来产检，怎么不听呢，真愁人……"

听见小郑脚步声，徐梅扭头跟她说："是渔民，二胎，我跟他讲要去派出所开证明，他说他去了，人家说不能办，那你跟我讲有啥用！"

小郑说："师傅，渔民都要先去水上派出所办二胎准生证，我们这里是医院，没办法给您开证明。"

男的弓着背，咂着嘴，说："我们就去的回民街那头的派出所，门卫没让进去，说是走错了……"

她接过他的证件看看，给蚌山区派出所的熟人打了个电话，问了水上派出所的地址，拿张便笺纸抄下来递给男的，讲："师傅，你们要去交通路的水上派出所，您现在就过去，五点半才下班，来得及。"

男的接过纸条，喜忧参半："那就是讲，能给我们办，对吧。"

小郑笑笑："没问题的话今天肯定能办好，产检再来医院。"

男的连连道谢。小郑侧过头问那女的："怀孕几周了？"

女的说："16 周。"

小郑心里想，跟我一样。

第二天渔民夫妇来医院，牵着个丫头，六七岁的样子，穿着鹅黄小棉袄，背着布书包，精瘦，黝黑，脱皮。小郑看她，她回看过来，一笑。

像这个年纪的小孩，总是胆怯、腼腆的。见到生人一般都躲到父母身后。这个小孩偏不，她大大方方走到小郑办公桌前面，去拿桌上的大白兔奶糖。她爸凶她："好吃精！人家让你拿了吗？"

她扭头，又一笑，那张被风吹得如同干海蜇的圆脸立即变得十分明亮，原本纷乱杂芜的线条也一下子有了秩序。

小郑把她拉过去，抓了把糖塞到她袄子口袋里，对渔民夫妇说："你家闺女真大方，一点都不怕人。"

她妈终于说话了："在船上养大的，野惯了，不怕人！胆子大得很！"

小郑说："女儿好，女儿以后是父母的贴心小棉袄，是不是？"

她爸笑："大夫，女儿我们也一样疼，但是有儿子更好！打鱼撒网什么的，我老了干不动了，得找个帮手。"

小郑边盖章边说："女儿照样能帮您干活。来，大姐，拿准生证去产科二楼做产检。"

后面几个月，渔民夫妇又陆续来医院做了几次产检，最后总拐到她办公室里跟她讲上几句话，上次还带了一袋子土鸡蛋，说是自家放养在坝子上的鸡生的。小郑坚决不要，推来推去，说拿回去给您家丫头吃，又在抽屉里翻出麦丽素、奶糖塞过去。

腊月快到了。一天下午，小郑一个人在办公室打毛线，就看女人两手抱着一个碎花布包，嘴唇小声嘘溜着，小碎步挪过来，布包往凳子上一放，说："大夫，我给你熬了点鲫鱼汤端过来，下午我家那口子刚打的鱼，捡了两条蹦跶最厉害的，现烧的，特别鲜！我看你也有几个月了。"

小郑脸红了。她以为别人都没看出来。怀孕六个月了,她也就肚子大了一点,脸没圆,其他地方还是瘦条条的。

她赶紧站起来,说:"大姐,这怎么好意思,您自己还怀着孕,这光瓦罐就该有二三斤重了,你看您,我怎么好意思……"

女人二话不说,把扣在上面的碗拿下来,一股水蒸气散开:"先别跟我客气!汤快凉了!喝完再说!"

小郑把碗拿在手里,吹一吹热气,喝了一口鱼汤。浓稠似奶的汤底带着淡淡的姜味,回口有一点点甜香。被斩成圆筒状的葱白有透明的椭圆纹路,在碗里头载浮载沉,颤巍巍的白豆腐旁边浮着油星子,捞起来,顿时碎成更小的几块,塌在勺子里,任人宰割的样子。

"放心,绝对没有刺,熬好之后我拿纱布把刺都筛掉了。"她盯着小郑的碗,刚刚见底就抢过去又给她盛了一碗,"鲫鱼不能挑个头太大的,八两正正好,大的肉不鲜,一煮就柴。"

渔家做的鲫鱼汤,和岸上百姓家里的鱼汤还不太一样。岸上人家做鱼汤用水豆腐,就是石膏点的豆腐,取其嫩;渔家用的豆腐都是老豆腐,用卤水点的,硬度高,越熬越香,吃到嘴里有嚼劲,反而是鱼肉都煮化了,丝丝缕缕融进汤里。

小郑连喝两碗,额头出了一层薄汗。她问:"大姐,现在鱼好不好打?"

"还行。早晚得下两次网子，鲫瓜子，鲇鱼，罗汉狗子，都有，不到二寸的就扔河里了，鲤鱼拐子也多。"女人又要给她装碗，小郑赶紧说："够了够了，剩下的您喝。"

"现在船上住的还行吗？岸上可有房子？"

"我们哪能买得起岸上的房子，一辈子估计都要在船上了。其实我们两口子觉得没什么，就是对不住我家丫头。没人家小孩条件好。我们夫妻两个也没本事，小孩受罪，每天走好多路上学。现在这个天这么冷，船舱外面就是冷水，等于睡在水上。我不怕别的，就怕她感冒。"

小郑说："你家丫头一看就灵，秀气得很，还懂事，还大方。"

女人说："她成绩不要我操心，就是馋！我们也没啥好东西能给她吃，光鱼，天天烧鱼熬鱼汤。不过大夫，讲句实话，小孩吃鱼好，俺家丫头从小到大吃了该有几千条鱼都不止。我怀她的时候，喝鲫鱼汤就跟喝水一样。"

小郑站起来翻柜子，前阵子国庆节，医院发了大白兔奶糖、金丝猴奶糖还有酒心巧克力，她把装菜的塑料袋掏出来抖抖干净，抓了三四把糖塞给女人。两个人来回推了几下，女人收了。

从那以后，每隔三四天，渔民两口子下午就抱着鲫鱼汤到小郑这儿，有时候看她正忙着，就默默把瓦罐放到凳子上面，悄悄走了。

过年前几天，小郑到国强路买毛线的时候多买了两斤羊毛毛线，本来想打个婴儿穿的毛衣，后来想想不知道是男是女，就暗暗准备打一件毛衣给渔民家丫头妞妞。

春天来了。三八妇女节那天，医院提前放假，小郑手里拿着打好的毛衣，去河滩上找妞妞她家。

初春三月，河水活活，好像奶水流淌的小母亲。滩上的白石头晒足了太阳，开始往外放热了；石头缝里的青草绿得发黑，噌噌往外冒；几只肥壮的鸡喜气洋洋，到处找食。渔民家的小木船停在岸边，船头三角旗子被风吹得甩打甩打的，妞妞坐在船舱门口的小板凳上，借着天光看书。

她看见了小郑，从船上跑下来接她。

吃鱼养大的小孩，真的是眉目清秀，眼神透彻，真是看着河水长大的。小郑心想。

小郑上了船才发现，这船连十平方米都没有，船头就是厨房，船尾就是厕所。挨着甲板上放着一个水缸，平时吃的水都是直接从河里挑起来，放在水缸里用明矾淀一淀。

天色一点一点黑下来，先有一层黄晕晕的光，然后转为较深的藏蓝。江岸上也有炊烟飘到船上来，有一股烧煤球的香气。真的是春天了。

还是吃鱼。妞妞被他爸使唤着去岸边上摘了点野葱，炉子上架了一口小铁锅，下猪油、蒜瓣和葱爆香，等油熟了，把两条黑鲫鱼滑进去，"刺啦"一声。姐姐也脱了外套，蹲在炉子边上，用铲子把鱼煸一煸，慢慢帮鱼翻个身，炉子的火光把她的脸映得红扑扑的。小郑要过去帮忙，被女人拦在船舱里。

"加点水熬一下，马上就好了。先喝点鱼汤，再让俺家老王炒两个菜。不炒鱼了，今天吃猪肉！"她把床上的被子搂到一边去，让小郑坐。

床对面是一张大鱼网，挂在船舱上，对面是张木板床，铺的棉絮新新的，被子很厚，但是不暄，湿乎乎的，坐下来能勉强抬起头。小郑刚想坐下来，船身忽然左右一动，姐姐在外头大声吆喝了几句。

"没事没事，她爸把船锚下牢一点。今天晚上可能要涨水。"

蜡烛快烧完的时候，小郑告辞了。走在田里，青蛙和鸣虫的声音起来了，月亮暗暗的。小郑上岸走了好久，再回头看，天上墨黑，一灯如豆。

那天晚上十二点多开始下大雨。大风起兮，发屋拔木，滚雷闪电，雨脚如铁线，如扫把一般横扫斜扫。小郑在床上翻来覆去，一夜未眠。

船那晚漏了雨，人没事。姐姐被送到五河姑姑家住，女人在医院门口的巷子里租了个单间，一个月50块钱。那时候是春脖子，离女人的预产期还有三个月。

女人在 6 月 2 日生了个女儿。

过了两个星期，小郑也生了个女儿。

后来我问我妈，担不担心我生下来是个弱智。她摇头说，不担心。喝了你刘阿姨那么多鲫鱼豆腐汤啊。

是啊。多亏了鲫鱼豆腐汤。

风婆婆

八月底，河边连下了几场雨，枯水道变得宽阔了一点，龟裂的河滩走起来软塌塌的，土壳子里水气盎然，红根绿秧子的野草伏在上面，勃勃地长着。裸露的河岸上架了一处游泳队换衣服的塑料棚，被风婆婆散养的鸡啄出了毛絮絮，若有似无地在风里飘。

我走过去，问她三号码头还有多远。她漆黑的脸上没有表情，只说，天黑走不到。家去吧。风要刮起来了。我问她怎么不上船。她说了一句什么玩笑话，我俩都笑了一会儿。又待了几分钟，看船上桅灯点起来了，我就回家了。

人们提到风婆婆都有点怕。可这种怕是没什么理由的。她也不过就是在河上捞过几具死人，放过冥灯，把别人放生的鱼鳖重新捞上来，卖给清明端午来还愿的人而已。这条河上弄船的人吃过很多苦，没什么事值得大惊小怪的。

风婆婆被人叫成疯婆婆。这诨名多半是河边玩水的小孩子胡乱叫起来的。她对小孩子很不客气,看到他们拔她种的麦子,或者是油菜花熟的时候摘花,就会一连咒骂着从船上赶过来。她走起路来有一股刷溜劲,你还没反应过来,她就突然冒出来,劈头一句:"小龟孙,看我不把你的屁股打开花!"小孩子就一路跑一路叫骂着逃了。她也不追,走回去把田里烂歪歪的稻草人整一整,稻草结子扎紧一点。

坝子下风呼呼地刮着,她的背影像个风神。

他儿子长得和她很像,皮肤黝黑发亮,长年在河上受风受雨,显出一副渴的样子,头发剃成光头,青青得往外冒头发茬,走起路来像块秤砣一样稳稳扎在甲板上。

我每次过河都坐风婆婆儿子的渡船。心里踏实。每一次都能见到她蹲在船头上吃饭。我一直疑心,我小时候不爱吃饭的坏毛病是被风婆婆无形中治好的,因为她吃饭的架势感觉已经饿上了好几天。弄船的人爱吃鱼本是正常事。靠山吃山,靠水吃水,但没有一个弄船人像她那么爱吃鱼。我看她吃过炸的小黄鱼,红烧带鱼,还有一些不知名的小鱼子,她十足是只猫。

那天过河,我一个人走到舱头,看见炖在炉子上的鱼只剩下一具完整的鱼骨架,鱼头旁边有一个鱼泡。一个头发花白的妇人背对着我,两条腿蹲在晒好的渔网架子上,用筷子在骨架上细细地翻找，捏出丝丝缕缕漏网之鱼肉，浑然不觉一个小孩已经走到她身后。

鱼肉被捡得干干净净，她开始收拾盘子里切成长段的白葱，那白葱已经被酱油浸得变了色，她仍然咬出了脆生生的口感，接下来是煮化了的蒜瓣和姜。她连姜也吃了下去，接着一个鱼泡，在她嘴里炸裂。我听到一声闷响，牙齿磕到牙齿。

她女儿完全是另一副模样，白得能显出皮肤下的红血丝，头发漆黑，两个眼珠乌溜溜地直转。我四五岁时，她闺女大概已经有十一二岁了，走到哪里背后都黏着一串眼睛。河岸上的人都说这女孩是风婆婆在河边捡的，她的亲生闺女两岁的时候掉在河里淹死了。这话我信，因为她女儿长得实在是不像她。

女孩在干活上是不怎么帮她的。她总是歪在船舱的门槛上，借着一点天光看书，看一看就揉揉眼睛，盯着河水发呆，要么就慢悠悠走到甲板上伸个懒腰，看她哥哥补渔网、杀鱼。等到农历什么节日，到河边放生的人渐渐多起来，她就撑了一只小木船顺着下锚的绳子划到岸边来，走走停停地看，显出对人极大的兴趣。

这时候是风婆婆最忙的时候。她儿子早上在河坝上卖掉的 6 块钱一斤的鲫鱼、9 块钱一斤的草鱼这时候就要被拎着大桶小桶的女人们放回河里了。船都远远泊在人群对面，几个船头老大拎着网候着，看这帮女人围着一群桶默诵《金刚经》，心里都暗想着：这帮老娘们唧唧歪歪个啥，还不赶快放生！这时候风婆婆也不急，眼睛盯着这帮人的嘴，手里还攥着一把瓜子嗑着。等她们再合起掌心对着河心拜三拜的时候，她便立即起身下网子了。

河边上的习俗总是繁杂奇怪的。有很多风俗，我也不全弄得懂。有人在河边放生，也就有人在河边杀生，二者总是并行不悖，共生共存。离放生不远处，能看到有人杀鸡上香，嘴里喃喃念着经文。他们先是对着土坡磕头烧香烧纸，然后对准鸡脖子一刀顺过去，火红的鸡冠子筛糠一样抖，热血浇在纸灰上，有股异香。杀完的死鸡就被埋在土坡里，仪式就算是完成了。

两拨人信的肯定不是一个神，但又并不彼此急脸臊眼，反正井水不犯河水，各做各的，做完都心安。放生的心里都知道鱼被船民们再次捞起了，杀鸡的也都清楚杀过的鸡晚上会被野狗刨出来吃得干干净净。

风婆婆的名声渐渐坏起来。我们这个地方，船民心眼不坏，就是懒。这种懒散的气质，我觉得是地方性的东西，也是在我自己身上渐渐发现并且不得不承认的。风婆婆不是本地人。据我奶奶的说法，风婆婆是从皖南农村那边被卖到我们这里的童养媳，正因为此，她的脾性、做派和整个的精气神，和我们这边的人也大不一样。她丈夫死得早，她一手带大儿子，教会了他如何在河边打鱼。她还在河滩上又辟了几亩地，种小麦和油菜，在家里没有第二个男劳力的情形下，亲自播种收割，再加上一天下两次网，等女儿长到 18 岁的时候，她已经在岸上买了一间 30 平方米的小单元房，把日子过得相当不错了。

大风起于青萍之末。那些在船上混日子，三天打鱼两天晒网的船老大们，眼皮里就渐渐容不下一个比他们勤快、能干的外地老太婆了。当年的鱼市上，一帮渔氓故意压低鱼价，在渡船的营生上也渐渐疏远风婆婆的儿子，抢客拉客，俨然一副不让她一家在这条河上混下去的架势。

风婆婆迅速把女儿嫁了出去，陪嫁是她用大半辈子积蓄换来的单元房，此后，在鱼市经营惨淡的那段时间，她挑着几十斤重的鱼担子，从市场东走到市场西，然后绕到粮食街的后巷子里，做粮贩的生意。

她儿子没有她洒脱，撑到第二个月，他开始往河下游送沙、运货，过了半年之后，生意是好起来了，但是他和风婆婆的关系却明显因这些恶意生的事而疏离了。更何况，那套房子给了一个外人。搁谁能不生气呢。

而时间也就像河水一样，飞快地往前流走了。一年中最热的那三个月，电总是不够用的，每个夏天的记忆先是整座院子停电的记忆。一天的暑气刚下，大人们刚回到家，想吹吹风扇，就停电了，一时间黑灯瞎火，人如海中孤舟，任由蚊子叮。躺下来，竹席上不一会儿就汪了一层汗，所以一到了晚上，人们就迫不及待卷起竹席上河滩，一直待到半夜。

入夜的河坝和白天的河坝是完全不同的。野草丛里的热气早已散尽，经过一天的热胀冷缩，土壳子是软软的，一点也不硬，把席子盖上去，像睡在刚结了冰的水面上，闭着眼睛躺一会儿，会感觉身下隐隐有细小的生物在挣扎。从临淮关上下来的戏班唱戏声远远从桥洞那里传过来。我们竖着耳朵听，听不太清楚，就专注地看天上的星星，非常奇怪地，河水流淌的声音就慢慢进到耳朵里了。再仔细听，又听不到了。

这时，风婆婆总是挎着竹篮子，去掉头顶的粗布头巾，出来卖鸡头米、菱角和莲子。她已经先从唱戏的那场热闹里卖掉了大半部分的食物，赶到我们这群乘凉的人这里来了。睡在河坝上的人对脚步声最敏感，刚听见声音就围上去了。买的不买的，都会问一句，再浑身摸一圈，找找零钱。有的买个一块两块的菱角，几下剥吃掉，没有的就又懒懒散散躺下来，仔细听其他人讨价还价。

于是就听到那句话传到耳朵里。"你个 ×× 养的，又开始赚黑心钱了，这种野河里结的东西你也好意思摘了卖啊……"一个裤腿卷到膝盖弯里的粗壮女人似笑非笑、大声地对风婆婆说话。

　　风婆婆一边忙着收钱一边应对："不摘了卖是要烂在你臭嘴里？"

　　原来这个女人也是河边弄船人家，二人不知道是什么原因结下了梁子。两人你一句我一句地迎来送往了几句后，女人走了，风婆婆脸色不变地继续卖篮子里的东西。卖完了之后蹲在草坡上数钱，裤腿高高地吊在肉上，趁着月色能看出几道深深的血道子。我指给我奶奶看，她歪头看一眼，轻描淡写地说："六月黄天锄玉米，叶子一刀一道血哟。"

　　数完钱，风婆婆起身拍拍身上的土，摸黑下河滩了。我走过去看她。风很大，河很宽，河对岸的房子白白的。

　　河上的船，比起二十年前是多了，小木船渐渐变成了大铁船，而渡船则完全销声匿迹了。风婆婆的女儿自从嫁了出去就很少回来，从那以后，我再也没见过她一次，而她的儿子和儿媳妇也从没出现过。我没去问周围的人有关她儿子的事，隐隐预感里头会有很伤人的部分。人间的事情于她，仿佛如水淋鸭子背，她从里面游出来，抖搂抖搂，一滴水也不沾上。

　　今年的夏天比起二十年前的夏天，感觉没那么热了，可是走在河滩上，还是结了一层细细密密的汗珠。棚子里的灯亮了起来，河边游泳的人渐渐散了。风婆婆远远从菜地上走了过来，身边跟着一群鸡。我喊她，风婆婆。她没有听见，只是紧着脚步，进了那间白天用来给游泳队换衣服，晚上住人的塑料棚里。

　　走到坝子高头，我回头望，月亮出来了。棚子被吹得呜呜的，像兜了两口袋风。

冷淡牌鸭血粉丝汤

    蚌埠的地委小吃街很早之前就有了，在交通三巷那里。巷子尽头是安徽省勘查技术院，以前叫蚌埠地质研究委员会，我们都叫地委。二十年前，那里的小吃街只卖蚂虾。蚂虾都是当天凌晨渔民从淮河里用网子捞的，清早放在坝子上卖，烧蚂虾的店家买回来，洗好，用蓝色塑料盆装满放到店门口，顾客要吃就自己用长木筷子撩到小盆子里，拿给店家现烧。大火翻炒出来的蚂虾颜色通红，味道鲜辣，虾头拧开都是黄，配啤酒吃很过瘾。夏天晚上七点一过，交通路边梧桐树下坐着的就全是穿着背心裤衩，边喝酒边剥虾壳的人。

    记得七八岁时，有天晚上我坐四路公交车从地委小吃街路过，听旁边几个阿姨议论，说蚌埠电视台的女主播每晚下班都在地委买蚂虾，一称就称80块钱，够一大家子吃的。听者唏嘘一番，脸上流露出向往和羡慕。二十年前三线小城的物价水平如何，80

块钱是多少钱，我没什么概念，只记得当时学琴的学费是一星期60块，后来涨到70块。

20世纪90年代末，小吃街的蚂虾摊子陆续搬走了，说是政府要求规整街道，不允许小摊贩随便出来卖东西，街上很是萧索了一阵。当时蚌埠的老街坊晚上都习惯下班回家前买一斤蚂虾、一点卤牛肉和咸水鸭子，回家烧点粥配着吃。街上没有小吃了，大家都很不习惯，抗议了一阵，小吃摊子又一夜之间都出来了。鸭血粉丝汤就是那时候出现的。

汤铺开在小吃街最外头，靠着路面，生意很好。刚开始只有一个白色圆桌外加五六把塑料凳子，连熬老鸭汤用的铁锅，放鸭肝、鸭肠、豆腐泡、红薯粉丝的玻璃罩子都摆在街口一个豁子里。过了小半年，慢慢增加到三个大塑料圆桌，凳子也有几十把了。店主是个高大的胖子，姓万，戴副小圆眼镜，喜欢穿蓝白条衬衫，外面系个脏得不辨颜色的围兜。他说话声音洪亮，切鸭肠鸭肝动作很利索。

顾客点了汤之后，他高声应着，把泡好的红薯粉丝揪一把扔在漏勺里，在滚水里汆着，过两分钟，再舀一勺颤巍巍的鸭血和干豆腐泡进去。鸭血都是提前煮好的，放在另外一口浅锅里慢慢炖着，舀出来要再过一遍水。熟了的粉丝和鸭血先盛在浅口海碗里，捏一把鸭肠鸭肝洒上，一滚勺鸭汤浇下去，撮点葱花，就可以端上桌了。

从喝鸭血粉丝汤开始，我学会了吃烫嘴的食物。一碗热腾腾的粉丝汤上来，先把鸭血、鸭肝、鸭肫挑起来吃了，然后把粉丝撩得长长的，用嘴呼呼地吹，一鼓作气吸溜到嘴里，吃相非常难看。辣椒要是不小心加多了，喉咙会整个烧起来。快吃完的时候，端着碗仰脖子喝一大口汤，然后一抹嘴，扔下钱骑了车就跑。当时正上高中，父母很怕我早恋，规定放学后要尽快回家，可苦了我肚子里的馋虫。和我一起喝汤的同学家里没有时间限制，总是很优雅地一边往嘴里送着鸭肝，一边笑我。

虽然去吃得很勤，老板的表情仍是比较冷淡的。回想起来，那些年蚌埠下岗职工很多，大部分都出来摆小吃摊。老板像个文化人，可能是经历了些什么，不得志，才出来做小生意。

有一次，我和同学放学照例去喝汤，正埋头吃着，来了几个头发染成金色的小痞子，坐下来要了六碗鸭血粉丝汤，吃完了慢悠悠对老板说："我们没钱。"老板没抬头，说："没钱把衣服脱了再走。"几个小痞子把凳子踢了，一点点围过去，老板登时从抽屉里掏出一把菜刀，甩到砧板上。还没切的一条长鸭肠断成两截，菜刀锃亮地立在上面。对方立即怂了，说了几句"你等着"，装作很镇定的样子慢慢走开了。钱当然也是没有付的。

当时好朋友在南京上学，我去看她，才知道江苏人十分爱吃鸭子，鸭血粉丝汤最早就是一个叫梅茗的镇江秀才发明的。晚清时，《申报》主编蒋芷湘还专门写过一首夸鸭血粉丝汤的诗："镇江梅翁善饮食，紫砂万两煮银丝。玉带千条绕翠落，汤白中秋月见嫦。布衣书生饕餮客，浮生为食不为诗。欲赞茗翁神仙手，春江水暖鸭先知。"鸭血粉丝汤是地地道道的民间小吃，其实上不了什么台面，也没有什么典故，这么街头的东西入了诗，却写出一种亲切，浮生为食不为诗，这是布衣百姓的快乐，你知，我知。

大学放暑假回家，想到鸭血粉丝汤，兴致勃勃跑去喝。到了地委巷子口，原来的摊子已经不见了，空地上出现了一家老约翰面包店，巨大的落地玻璃窗里有温暖昏黄的灯光。面包店门口还多了几家烤鱿鱼串的摊子，老板拿着蒲扇挥汗如雨地扇着，锅前一面红漆招牌：鱿鱼两块一串、五块三串。往里面走，经过了炒栗子，王家牛肉汤，麻辣烫，小笼煎包，李氏刀削面之后，才看见了鸭血粉丝汤绿色的招牌。

胖师傅已不见踪影。卖汤的变成了小两口，女人说起话来很轻柔，不像蚌埠口音，鸭血汤的锅换成了两口不锈钢锅，一口是老鸭汤，一口是炖鸭血的锅子，都用电炉煨着。柜台上玻璃罩子里，是一小盆水淋淋的香菜和小白菜，切好的鸭肝和鸭肠装在木头屉子里，露一小缝，看着很新鲜。价钱涨到了三块钱一碗。

我要了一碗，坐下来，胳膊放在长方形小桌上，凉凉的，有点黏皮肤。坐我对面的是个八九岁的小男孩，穿着明显大了一号的土蓝色校服，头发剃得短短的，往后仰着坐，两只手很艰难地够着碗，腿在下面乱晃。旁边坐着他妈妈，看上去是刚从菜市买了菜，芹菜叶子从塑料袋里伸出来。两人边喝汤边说话。妈说："王雪考了多少分？"小男孩答："98 分。"妈说："老师可表扬她了？"男孩答："我们班还有考 100 分的呢！"妈说："你要跟王雪学习。"小男生猛喝一口汤，大声叫嚷："我才不要跟她学，她老是告我状！还用圆珠笔捅我！"他妈愣了一下，说："你要是能给我考 98 分，你去欺负谁我都不说你！"小弟弟无话，两人继续喝汤。我低头偷偷笑，心里想，这个王雪，应该是他的同桌吧。十几年后，他还会记得这个欺负他的"同桌的你"吗？

粉丝汤端上来，喝一口，明显已经不是一个师傅做的味道了。香菜的青气吃在嘴里涩涩的，鸭肫也有些老，不过鸭肠却是很脆，边吃边想，估计要鸭肫的人不多，所以放了一段时间，老掉了。鸭肠子倒是喝汤的人都会要的。

低头吃着，觉得脖颈上一滴、两滴，抬头看，下雨了。蚌埠的雨说来就来，一下就下个不停。夏天犹可，冬天更甚，简直没一点征兆，下起来就像是有人端着个水盆从天上往下倒。小两口冲到旁边小超市的屋檐下面，从蛇皮篷子下面捞出两把巨大的红油伞，很艰难地扛过来，摸索着杵到水泥地上的桩洞里。那时候的油伞还是木头骨子，搬起来相当重，但能用几十年不坏。

又是好几年没回去。

今年八月初回家，夕阳西下，我趿着拖鞋，从河坝一路晃到地委。一切还是如常。身处其中，只觉得四面飘香，八面闻人语，闭上眼睛，整个人是松弛的。

鸭血粉丝汤不见了。

我从街头找到街尾，它就是不在了。原来的空地依旧是空地，青青的水泥路面上还留着昨晚大雨的水渍，小孩子穿着凉鞋跑来跑去，溅起一股淡淡的腥气。旁边的衣服摊子还是衣服摊子，桂花糕铺子仍是桂花糕铺子，只是鸭血汤摊子收了。我不甘心，沿街仔仔细细又找了一遍，看到小吃街靠后一条侧巷里闪出灰绿色的招牌，鸭血粉丝汤！真是如见亲人。

不知道它怎么落魄到了这个境地。侧巷里都是住家，靠着巷口是一家做牛肉面的，巨大面坨扔在铁桌子上，拉好的四五根面条蛇一样盘在面坨旁，一只猫在桌子下面趴着，风箱在屋子里面响。面店斜对面是家小旅社，红色铁门紧闭着，旁边就是鸭血粉丝汤。店门口也是没人，玻璃罩子里面空空如也。我伸头往里面看了看，叫："鸭血粉丝汤有吗？"

"有。"一个大姐走出来。面熟。但不是原来那个小两口。她白净，身架子宽，脂肪匀称地覆在骨架上，不显得胖。一张脸庞圆圆的，眼睛也圆，头发扎一个把子扔在后面，看见我笑笑。我进了屋，外屋只摆了两张木头桌子，因为光线太暗，看不清楚是水渍还是木头本身的黑色，靠门的桌子上摆了只竹篮，里面装的蚕豆米。

我坐到里面那张桌子，说："给我来碗汤。"她应着，往摊头一坐，捉起筷子把粉丝挑到漏勺里，用手指在热汤里捡一截肠子，嗖嗖几刀，又按住鸭肫嗖嗖几刀，大头小头整齐码在碗里，等粉丝好了，连汤一起浇进去，撒上香菜，动作潇洒极了。我抽了筷子就吃，她冲我说声"小心烫"。

里屋传来新闻联播的声音，屋子里黑黑的，电视的光一闪一闪，打在水泥地上。陆续有人端着不锈钢锅过来买汤，旁边医院里的病人家属也抱着个保温瓶过来买汤。保温瓶瓶口太小，大姐起身从墙上抽出塑料红漏斗，插在瓶子里，小心翼翼灌汤下去。渐渐地，我心情又好了。

我其实特别想告诉她，我在这条街上喝鸭血粉丝汤已经十几年了，想问问她是不是最早的那一家，想问问她生意好不好做，可话到嘴边就莫名没了胆量，不知从何说起，仿佛只要看到它还在，就觉得安心，即使有再多感情，也觉得无须开口了。

第五乐章

未完成协奏曲 ●

Unfinished Concerto

没有一个人能够独自把一首协奏曲完成。在相互应和的关系里，我的欢乐、痛苦，他们的悲伤、喜悦都找到了合适的栖身之地。他们像乐手煽动音符一样煽动我，我在想象中完成了演奏。

木心先生的爱情

看过一段你走在英国伦敦街头的黑白视频。那一年是 1994 年，你 67 岁，还很精神。你戴着压得低低的绅士帽，穿黑色大衣，条纹领带，两手插在微风中翻飞的衣角口袋里，回头对着镜头笑，很羞怯地笑，像江南冬天刚下过雨的暮晚，表情里有种不知所措，愧对什么似的。镜头拉远了对着你，你在街头的栏杆上抽烟，看人。

也有人对我这么笑过。我暗暗下定决心要把那个笑记住。拘束的，腼腆的，在拥挤中那么孤独又紧张的，从心口里掏出来的笑。那种笑是毫无意识而又充分意识的，知道不会有下次所以竭尽全力的，要努力表达什么又极力掩饰什么的笑。那一瞬间我知道幸福这种东西不过一瞬。你在书里说过："其实快乐总是小的，紧的，一闪一闪的。"你还在《文学回忆录》里说过："一个爱我的人，如果他爱得结结巴巴，语无伦次，我就知道他爱我。"

　　你不知道什么时候意识到了这一点。也许在你1927年出生那年，就有灵性的种子埋在你的心里；也许在你十四五岁，和一个湖州女孩子通信讨论新旧约文学性的灵光乍现里；也许在你以青年人朝气蓬勃、俊秀朗逸的风姿，去上海美专读书的时光里；也许是在"文革"，被关进牛棚，面对暗无天日、阴冷坚硬的石墙的岁月；也许在你行走于纽约牙买加小区的街心公园，站在破旧冷漠的纽约地铁上昏昏欲睡时，你终于明白，哦，原来爱一个人是这样的。所以你写了一些我们现在的年轻人看不太懂的诗。也许你也并不想让我们懂，你很在乎你的读者是哪些人。

　　关于爱，有些人动心很快，善于捕捉瞬间的激情，在大多时刻习惯让欲望做主，其他事情，以后再说。日子久了，她们也明白，感情和身体容易得到，也容易失去，因为彼此的姿态都很低，做人没有紧张感，面对再怎样不同的人都能淡定如水，这水也再不复惊涛骇浪的时刻了。有时候我羡慕她们，因为我做不到，不是因为姿态问题，是面对那个喜欢的人，我永远张口结舌，哑口无言，而对方也是。彼此活像两座被施了定身咒的雕像，恨不得就这么站着不动站到死。说来说去，没有什么对与错，只不过我的"一瞬"和她们的"一瞬"不一样。有些人可以回忆得很多，我能回忆的只是那个结结巴巴、惊慌失措的笑，力量之大，足以在夜半的梦中，以龙卷风席卷小镇的力量将内心涤荡。

还是说你吧。当初你四五岁，跟着一个逃到中国来的意大利米兰人学钢琴，小小的手在黑白琴键上跳跃翻飞，手摇唱片机里传出的音符印在你的脑海里，你用它串起七侠五义、陶渊明、福楼拜、莫扎特，那个音符的声音一直没断，哪怕你后来在淮海路上亲眼目睹一箱一箱被毁的黑胶唱片和油画册；亲眼目睹短短一周里，有一千架钢琴被扔在上海街头，那个音符也没断。你在牢里对着画上黑白键的白纸弹琴，努力把那个音符弹出来，哼出来，二十五年后，你把它含在嘴里，带上火车，揣上飞机，用沉默安抚它，直到这个不可磨灭的音符陷得越来越深，一直到你的心、你的手指再也控制不住，它才在纸上安顿下来。我读的时候就知道，如同千百万正在读你的人知道，这个音符永远不会离开你了。无论你自由，不自由；离开，回来，它都在，你的讯息我们接收到了：看在莫扎特的面子上，善待这个世界。把别的一切都忘掉。

但是你忘掉爱了吗？你忘得掉吗？终身未娶，不代表你没有爱过。你的爱比别人的爱大，你爱耶稣，所以你告诉我们，《圣经》整本书只说了一句话，要像耶稣爱人类一样爱别人；你爱陶渊明，所以你告诉我们，有时候这世界，真抵不过一句陶渊明；你爱莫扎特，所以你听得出来，莫扎特有一种灵智上的性感，和音乐无关，和艺术无关；你爱尼采，所以你爱少年身上的酒神精神，那种历经外界摧残仍然屹立不倒的活泼泼的气息。

你也爱人。爱女人，爱男人。你在《素履之往》里说，你爱了一个人，没机会表白，终于决定断了念头。后来偶然见面，庆幸自己未曾说出口。什么是爱情？你告诉我们，是"我爱你，与你何涉"。现在的人能理解吗？能懂你吗？我仔细想想自己，觉得无从开口。

你说："不嫉妒别人与你相对谈笑，我只爱你的侧影。"在这个瞬间，一种莫须有的爱浮上表面。不是爱的深度，而是一种爱的习惯让你走向那个人。你心里懂，"表面上浮着无限深意的东西最魅人"，有些人只是看上去有深意，正如有些人只是看上去过于肤浅。在唱片找到最后一圈唱槽的时间里，你就爱上，犹豫和放弃了。这种爱，和你十八九岁挑书上莫干山的苦读，和你与陀思妥耶夫斯基、托尔斯泰一起下地狱的时刻比起来，简直不算什么，所以你无所谓爱与不爱了。并不是爱不足以吸引你，而是它来得有些太迟了。

我看过20世纪90年代初，你给国内去纽约留学的画家们讲课的视频，黑白、摇晃的镜头清晰得离奇，你已显老态，但那么活泼，你说雕像就是罪犯，两千年站在那里，一动不动，你叉着腰笑学希腊雕塑，说死了以后不要让别人给你塑像，一动不动站在那里，简直要闷死了。如果再有个什么人往你的"手"里夹上一根坏烟，飞马牌，那真是完蛋，你才不要抽那么劣的烟。你说绘画，宋代山水画，"简直是闷死了"，这话让我立即想到，三十年前，山上，有老虎挠门的夜里，给你做饭的竹秀，那个让你心动的人；再往前回溯，四十年前，面对那个和你通信三年、最终见面的女孩，你的爱意中掠过的是恐惧——"简直是闷死了！"你爱人的每一个侧面，却难以长久面对单一的侧面。这就是你爱人的方式。看着她们，你飞一般地逃开了，就像你逃开家乡，逃开上海，逃开中国，也逃开伧俗，逃开噩运。

现在我有些明白你了。我开始懂你说的"我爱你，与你何涉"。即使你在爱，即使在两个人当中，她爱他，依然与他无涉。这是我读你的诗、你的文章学到的最违背我的本能，却符合我的天性的事：爱，是一种不需要回应的强悍的能力，因为它最怕的敌人不是冷漠，不是彼此毫无呼应，而是可耻的寂寞。你说过的："人害怕寂寞，害怕到无耻的程度。人的某些无耻的行径是由于害怕寂寞而作出来的。"但是爱的本质是否已经包含了对寂寞的恐惧？你逃开了，逃开了爱，逃开了恐惧，这一点，我始终觉得你有遗憾。

但如果我是你，我也怕。我们这一代生下来，没有受过真正的情感教育，甚至没有受过想象力的教育，当我们说"爱"一个人的时候，那意思是"被爱"。我一直觉得，哪怕是建立在不真实的幻想上的爱情，也比坐落于现实景观中，被名利、物质、财富的烟尘包围的爱情要好，因为它告诉了我们一种人性美的可能。在爱上，你给我们指出了方向，但是你没有到达，因为你中途下了车，你打算爱艺术了。

你的诗写遍了欧洲各国，即使你从未到过那里。1994 年 6 月，你 67 岁那年去了英国。这是你居留纽约二十四年的时间里，第一次横跨大西洋。我知道之后觉得有些惊愕，但从未觉得受欺骗。因为这真是一种赤裸裸的刺激和证据：一个人以他的想象力可以到达任何地方。这才是人之为人、人生来自由的最好证明。你以想象力到达爱，你"我爱你，与你何涉"的爱，也是爱中最恳切的一种。

"一首曾经给予美妙印象的乐曲，总是超乎拙手弹出的不入调的声音之上的。"你说，普鲁斯特这句话实际上意犹未尽，那没说出口的下半句是：一首曾经给予美妙印象的乐曲，甚至超乎高手弹出的悦耳的声音之上——被人看得如此重要的演奏，多么次要。爱情是不是也一样？我不知道，木心，我还在寻找答案。

大陆的那头是岛屿

　　一直以来觉得北京和台北之间没有时差，虽然相隔很远，也遵从同一种步伐进入时光轨道。今年六月某天晚上，好友令洁站在台北街头打电话给我，让我抬头看月亮，我才发现我们之间也许真的处在不同时空：七点钟，台北已经天黑，而北京仍然天光透亮，月亮的踪影无处寻觅。

　　我们似乎总在上班与下班的路上聊天。我坐在十号线通往团结湖的地铁上，听见她在捷运上打瞌睡；抑或我兴奋地把公司附近一家台式早餐店的照片发过去，听见她在一间小吃店坐定，向老板要一碗加蛋的红烧牛肉面。我们形成一种默契，习惯在对方那里体验一种近乎陌生的平行生活。在心理上，我们没有时差。

　　人与人之间的友情似乎无须用时间的度量衡计算，尽管我们认识彼此已经五年。从 2011 年 6 月初出茅庐的公司新人，到2016 年各自处在人生可能的转折点上，我们的交往过程中间曾经有过巨大的空白。至少有三年时光，我们走在截然不同的旅途上，从共同的朋友那里断断续续知道彼此的近况。我的经历没有她的有戏剧性，而这种戏剧性是以巨大的稳定感出现的：她和北京男友已经谈了五年远距离恋爱。当时，她在北京工作了不到一年就回到台北，那时候我们都以为这两个人可能只有一种结局了，而事实是令人难以置信的另一种。

关于这段恋情我知道一些细节，包括这五年来的各种横生枝节和跌宕起伏，都在两年后的交谈中被一一填补起来。我们不是彼此唯一的好友，但是对于那些极细微的情绪，两岸不同的语境和背景下发生的火花和龃龉，我相信我是那个唯一目睹了回忆现场的人。台湾作家苏伟贞曾在小说集《魔术时刻》里写了一个爱上大陆北方男人的台北女人言静，爱情发生在密闭的摩天轮里，孤立的空间，巨大的文化差异和陌生感会激发出高纯度的爱情，这种爱情因为紧张感而无法持续，因为脱离现实而短暂。谁能想到现实中的人比小说人物更有耐心，也更有勇气面对彼此之间的差异呢。

在职场摸爬滚打几年，见过不少能迅速拉近和陌生人之间关系的人。在某些商务工作场合，他们如有神力，似乎连递名片和寒暄都能一并省去，拍拍肩膀聊上两句就能倾盖如故，将友情发展下去。站在灯光的外围，我不羡慕这种能力，只是忍不住想：

交朋友如此容易且柔顺的人，是不是和所有的人都交心？面对某些困难时刻，他们如何从人海茫茫中挑中较为可靠的那一个？遇见令洁时，我一度认为她也是一个以交朋友为己任的人。毕竟，来北京读书的台湾学生不多，她有她天然的优势，再加上从小到大都出挑的外表，公司里只要认识她的人都很快被她俘虏。

令洁身上有一种特点很容易会被人当作肤浅，那是一种但凡心里想到什么，就一定要表达出来的冲动。她说的某些话近乎天真无邪，同时又会让人怀疑她是不是毫无心机，才会对谁都说出那么不假思索的话。我们在相邻两个不同部门，她对女上司不满，说话总带着不加掩饰的火药味，最后跑到总裁那里告了她一状；她欣赏我们部门一个男生，就主动过去跟他聊天，直言不讳和别人说，这个男生超帅。她大咧咧的性格和略带娇嗔的台湾腔相冲和，有种近乎可爱的娇憨，放在其他人身上可能就是莽撞无知了。

我们对一个人的认知很容易是吉光片羽，浮光掠影，朋友圈加深了这种病症，有时候交朋友会让人有深深的疲倦。我们慢慢放弃了对人的好奇和亲近感，越来越善于保持安全距离。而对于令洁，我没有这种浮光掠影的感觉。我认识她，似乎也是一个重新认知自我的过程，那情形犹如渡河，朝着彼岸走过去时，时刻感受到水流冲刷我的脚踝和小腿，走向她也是走向我自己。深入接触后，我发现令洁性格的最深处是一股巨大的柔软，她的情绪激烈归激烈，但是绝对不坚硬，没有拒人于千里之外的冷淡，在交朋友方面更多是靠直觉。说得坦白一些，她明白自己的需要，拥有能够分辨感情应该是什么样子的天赋。

她会选择一个和自己的生活背景、思想观念完全迥异的大陆人，在我看来也是一种试炼。可是我们会喜欢一个什么样的人，也许是骨子里带的基因。台湾男生的温文尔雅、注重细节与贴心在令洁眼中成为甜腻腻、没有男子气概的特征，她来到有着寒冷冬天、粗粝环境的大陆，北方男性特有的单线条、不苟言笑和沉默对她的杀伤力简直是致命的。而彼时一见倾心的男子气概也成了几年后争执与冲突的来源。每一种性格都有不可调和的两面，来到北方不到两年，她就已经发现自己可能面对的是争执发生后绝不主动道歉的冷漠，是分歧扩大后永远保持沉默的所谓"男性自尊"，若非真正的爱和强大的自我调节能力，很难想象她会坚持到现在，并且初心不改。她曾经告诉我，她觉得自己上辈子就是个北京人。

面对这样一个永远凸出于人群的人，使我不得不直面自己人生中缺乏勇气和忍耐的时刻。令洁这种人的存在，也许就是让人发现生命中的缺乏，并且扪心自问：我究竟哪里出了错，使身上缺少了本应更多的柔软和深情？爱情究竟是一种能力，抑或是专属于某些人的本能？

一直对托尔斯泰笔下的安娜·卡列尼娜念念不忘。他在第18节，写到安娜下火车的那一瞬，沃伦斯基发现她的脸上有一股被压抑的生气，"仿佛她身上洋溢着过剩的青春，不由自主地忽而从眼睛的闪光里，忽而从微笑中透露出来"。安娜什么也不掩饰，但是她的内心另有一个感情丰富而诗意盎然的超凡脱俗的世界，让人无法捉摸。

我每次重读《安娜·卡列尼娜》，总是不自觉想到令洁，才恍然悟到那种似乎与生俱来的东西是什么：一股没有被压抑的生命力，让她永远有一股少女气质，就像是台湾火红的凤凰花，到了季节就不管不顾地开，无论有没有人看。这种原始生命力并不只限于男女之爱，而是对所有人敞开。她在交流中惊人的坦率和自然，那种直接置身事物核心的热情，虽然无关深刻，但完全拓宽了在我心里人与人之间交流能够达到的宽度。这是不是台湾女子的共性，我并不清楚，但是我总不免会联想到历史的伤害，是否是我，以及"我们"大陆封闭性的由来。

上海作家小宝曾经说，大陆文学版图缺少的是抒情，是现实主义的抒情能力，这个能力的世俗表现，就是"我们从台湾回来的时候，说话会温柔很多"。影评人毛尖也说，深情是台湾女性的一种胎记。公开私下，我们都嫉妒这种深情，这是台湾社会给女性的空间，让女性保留抒情的能力，也给予抒情的便利。看台湾电影会发现，台湾社会给予了女人多么大的空间。刘若英主演的《征婚启事》里，女主角每天白天出去相亲，晚上回家给自己真正深爱的男人打电话留言，而这个男人是有妇之夫。朱天文的《荒人手记》里，有着主人公对同性恋人大段大段的表白，这种堪称壮观的文学景观，在其他地方不可能看到。台湾社会里对待人性的宽容，也许是她们尽管身处岛屿，却拥有旺盛的情感和生命力的原因。

令洁不是没有自身难以克服的性格缺陷，我们都还不算涉世很深，远远达不到淡然和敞开的程度，她也会陷入一种迷茫，那就是到底是否还要继续下去。困难看不到尽头，而性格上的差异又令彼此都无法改变。我并不担心她会退缩，事情既然已经走到这一步，原则性的问题已经不存在，只不过是努力在既定轨道上勇敢开拓而已。人生中有些看似无法解决的迷局，就像是五线谱上两个八度之间的音符，琴瑟和谐，只是处在了不那么正确的位置上。换一个角度看，就是另外一番风景。

又一次通话接近凌晨。网络不好，那一头的声音断断续续，她按下免提，打开窗户。我也站在窗边。高楼的尽头，广袤无垠的大陆上漂浮着荧荧点点的亮光，浮动着，闪烁着，最终连成一片，就像对岸那座岛屿一样，莽撞而勇敢，与生俱来就知道自己的方向，了解自己的光芒。

我在台北读了一夜诗

　　以台湾冬季空气里的暖湿，可以想见夏日迅猛而至后，街巷里散发的燠热和爽朗。从厚重层叠的绿色将稀疏房屋埋伏之姿，到福州路疾风中颤抖的纤细棕榈树，这一切开始是我想象中亚热带的冬季，包括云和风都隐匿后的安静。到台北的头几夜，我睡得并不安稳，听见外面大型货车碾过路面的低沉闷哼，凌晨时分对面高楼传来的报号声，甚至是细密的雨声。在市中心的忠孝东路暂住，大楼破旧，水泥阳台裸露在外，稍一探身就能看到一楼"老虎酱温州大馄饨"的红色行楷招牌。

　　和在北京时一样，捷运上没有人看书，公车上也没有。我猜这和路程近有关，台北不大，从南边的新店到最北端的淡水也不过半小时车程。在台北到花莲的火车上，我拿起书努力适应五年没过眼的繁体竖版书，却意识涣散。站与站之间相隔只十几分钟，窗外的风景最终吸引了我。车过苏澳，一个转弯，太平洋如梦幻般裸露在车窗外，海蓝色的龟岛让云显出白色石英一般光滑的纹理，稀疏的棕榈树和无处不在的棕黄芦苇几乎能摇动车窗。海之近，有种火车正倾斜四十五度角往水里走的错觉。脑子里突然就闪过美国女诗人伊丽莎白·毕肖普的诗："进入那个倒转的世界，那里，左边永远是右边……那里天国清浅就如，此刻海洋深邃，而你爱我。"

异域催生的想象，多半和回忆有千丝万缕的联结，这是我们摆脱不安全感的方式。在北京待的这几年，我读诗没有在上学时那么不加节制，如果仔细回想记住了什么，往往一无所获。但是时不时地，它像体内等待触发的按钮，在未知中重逢。我想，也许我们在日常生活中并不是那么需要诗，但是如果完全没有诗的存在，眼前的太平洋可能会变成一片毫无感情的海，与我毫无关系。

回到台北的那一天，气温有所回升，刚来时淅淅沥沥的小雨已经化为若有似无的风，在暗掉的夜里吹着。同伴早早回了昆明街的住处休息，我在大直捷运站路边的"黑轮大王"吃了点关东煮，坐车去了敦化南路24小时营业的诚品书店。朋友列了满满一张单子，让我帮他带书回去。

大年初二，书店里的人还是很多，和大陆的诚品书店相比，显得略小略旧。我在新书区转悠了一会儿，随意翻阅眼前的书，却发现繁体字、竖版书已经成为一种对视力和心理的挑战。有意思的是，和大陆书店里书越做越薄、留白居多、封面花哨的畅销新书不同，台湾的书极厚、书名简约、封面设计偏素。似乎出版社并不担心读书的人怕书太厚不便携带，或者"以貌取书"。我逛到建筑设计区，一本台湾本土设计出的书沉到几乎捧不到一分钟手腕就酸疼起来。我放下书，走到"《联合报》编辑推荐区"翻了翻新出版的小说，缓慢腾挪到文学史和诗歌这一区。

发现一本封面全黑的书，我抽出来，翻了翻，看到一首诗："我仍记得深蓝衬衫 / 夜色般纤维 / 在你胸骨上方 / 微微露出一点松针 / 在春天的绿 / 阁楼里黄昏且永恒……我们坐拥一袭充满了 / 对方的空气 / 我是你手背渐淡的烫痕 / 耳垂下一处凹陷 / 于雾中粲然 / 微仰时浮现绳结。"

似乎很难一下说清楚它为什么在瞬间击中我。但其实原因再简单不过——它表达了某些我不愿或不能表达的情感。一定不只是我，也许每一个人在生活里都有过格外清晰的回忆：一个人穿着深蓝色棉衬衫的样子；一个人走路时安静颀长的阴影中残留的淡淡空旷；以及当他抓住地铁把手时，白色干净的手腕处粗大的骨骼，手肘处散发出的奶香……某些片段，某些画面，某些细微到不能再细微的细节留存在我们记忆深处，无以命名，无从描述，却能够脱离我们的感觉自生自长，直到某一天，你终于被它硕大而轻盈的存在击中。这些从未吸收到汁水却仍在抽芽的叶子让某些清浅的快乐拥有了复杂的纹理和脉络，让感情不因一片一片的单薄而毫无意义，让我们相信，我们的心是温柔的。我想，我对写这首诗的人几乎一无所知，但我和她感同身受。后面连续几首诗以同样似曾相识的错觉惊艳到我。我翻到封面，记住了这个名字：杨佳娴。

我们读诗，某些时刻，就是希望在熟悉的意象里和过去重逢。通过不断把自己带入其中，他人的隐秘世界也许能让我们得以容身。而拥有了这种能量的诗人，必然经过生活的淬炼，时间的锻造。不过也有另一种诗人，用鲜活的想象力"捏"出自己爱的那个人。比如下面这一首：

> 有时候你上半身是猫头鹰、狮子、海豚、刺猬，下半身是人。
> 有时候你上半身是人，下半身是牛、马、野猪、锦蟒。
> 你还在转变中。
> 这是你始终让我着迷的原因。
>
> ——《有时候》，陈育虹

怎么会有如此奇诡、奇魅的意象，让文字孕育出蛮横原始

的美感，如同匕首，投入我们脑中？翻到台湾中生代诗人陈育虹
的诗集《闪神》，我几乎是从头到尾通读了一遍。另一首我也很
喜欢：

连窗也无法忍受这雨

Philip Glass 的极限

乌臼叶落，同样无调性

这时蟋蟀的呼唤比任何一首杜甫都忧郁

蝉唱完所有的歌，四周寂静

五更草的寂静

猫的喧闹小石子般扔进来

一颗颗全音符

——《无调性》，陈育虹

对近代音乐史不熟悉的人，可能不知道这首诗的背景和用
典，而它让我兴奋——因为菲利普·格拉斯（Philip Glass）。作
为一个因"另类"获得了主流认可的美国作曲家，格拉斯在漫长
人生里一边打各种零工，一边坚持作曲的传奇经历带给过我很多
感动，巧遇他让我觉得惊喜，读诗第一次让我有了找藏宝图的感

觉。后面，我又陆续在《托辞》《鬼月》这几篇里，发现陈育虹用"Larghetto"（慢板）、"lento sostenudo"（持续地）等音乐术语分割诗节，而文字之间的疏密、标点的置放，呼吸的缓急也都像音乐旋律一样，相应地发生了变化。

比如《鬼月》这一篇，第二段以"scherzo"作题，诗句极其活泼、跳跃。看这里，"你的手指 / 追逐时间 / 从蜂鸟的双翅 / 从彗星的瞳孔偷取 / 速度"。"scherzo"在音乐中是谐谑曲的意思，旋律需要欢快昂扬，这部分诗句完全应和了肖邦谐谑曲速度轻快，节奏顿挫的特点。捧着书，身体仿佛受到音乐和诗歌的双重敲打，音乐就像隐在诗歌背后不间断的鼓点，催生出新鲜而刺激的音效。第一次清楚"听见"诗人精心设计的种种巧思，心里忍不住有些得意。

其实不用追溯台湾文学界的完整生态与诗人背景，仅仅从诗里，就能发现她们大多数人具有相当高的文化素养，那种素养不是仅在一门专业里浸润后的单一旋律，而是音乐、哲学、文学的有机融合。有趣的地方就在于，即使你并不那么了解音乐和哲学，也完全不影响你欣赏文字中因陌生而生出刺激的意象，以及猝不及防的情感流露。

然而更多时候，诗歌不像小说也不像散文，不以熟悉和通俗来取悦人。相反地，它们以跳跃、蒙太奇和高度形式化而形成陌生感。这是诗人为了达到某种艺术追求的刻意为之，因此为读者的进入制造了很多障碍。就像以前读伊丽莎白·毕肖普的诗集，大部分时间我不知所云，尽管看过她的自传电影，知道很多有关她的逸事，却仍然不能够接近她的内心分毫，这种时刻，我为自己的理解能力感到深深的沮丧。但有一次，我临睡前又去翻一直没有看下去的《唯有孤独恒常如新》，在这本诗集的后半部，那些散文诗闪烁出宛若童话般晶莹剔透的光芒，巨型蟾蜍、迷路的蟹、熟眠如耳朵的蜗牛、月亮上的环形山……缤纷大胆的想象让我目眩神迷。我们并不一定要和诗人感同身受，于我而言，诗歌的进入方式甚至可以绕过理解，通过意象得到直接的启示。好的诗不仅可以感染人，还应该启发人。

苏珊·桑塔格在谈论艺术时曾经说道："如今，对于技巧的冷淡常常伴以直露的风格；现代作品反抗艺术中那种精心谋划的倾向，而常常采取美学克制的形式。"承认吧，有多少诗人标榜后现代、反精英，却在粗俗、毫不克制地袒露私生活的路上越走越远？包括我自己，也无法抵挡那种刻意的质朴、毫无价值的直率，只为了掩藏自身在思想深度、艺术理解力上的匮乏。放大自己的瑕疵说不定能堵住旁人的嘴？怀着这种不洁的念头，我们被惰性和平庸拖进泥潭。

现在，我逐渐相信，诗确实有好坏之分，而不是如同大多数人所想的那样，诗发展到现代，可以如同音乐一样无调性，无节奏，甚至变成呓语和自说自话。要知道，即使是无调性的音乐里也深藏古典秩序。菲利普·格拉斯最著名的歌剧《沙滩上的爱因斯坦》，没有情节，没有人物，音乐和表演之间没有明显的联系，演员在台上面无表情地诵读"One，Two，Three，Four…"循环不变的台词像魔咒一般在同一音高上重复，很多观众被逼疯，听不到一半就退了场。但是这种看似单调的重复在音乐之间暗暗呼应，谨遵古典形式，正如同陈育虹和杨佳娴的诗里，那些看似纷繁凌乱的诗歌意象彼此模仿。我自信我懂她们，不仅在于感情上的接通，也因为看得见她们走过来的姿势，看得见骨骼的交错，血液的流动。我为她们自觉把这种如今只偏重情感表达的艺术变成一门手艺而感到敬佩。她们在收集我们灵魂的香气。

深夜，我从诚品店员手里接过纸袋，上面印着朱红的"福"字，以斑点状向外辐射。店员指着收据提醒我可以抽奖和积分，我突然想到在台北每条街道都能看到的"刮刮乐"彩票贩卖店。真是奇妙，热衷运势和喜欢讨彩头的东方人性格和精神修养层面的高蹈坚持，融合成台北人复杂却相冲和的性格，这些矛盾之处始终打动我，它让我相信，一个人的精神世界和外部世界永远无关。就如同文化修养打造的是人格，不是风格，它让使用同一语言的诗人站在能够相互沟通和理解的海平线上。我庆幸我遇见她们，不仅因为在这些诗里我回到了自身，也回到了自己的差异中去。

到乌鲁木齐六百公里

一个馕能扛三个黑夜，一碗拉条子能抵三碗米饭。

在乌鲁木齐，有的人吃面前要一头蒜，吸溜一口面，扔嘴里一个蒜瓣；有的人蹲在路边上一小块一小块掰着比脸还大的馕，咕嘟咕嘟喝水；有的人吃整整一盘羊肉抓饭，只需要配一小碟腌好的豆芽菜。进入这座城市的灵魂要从胃开始，才能穿过语言的迷障。人在饥饿的状态，容易生出误解的心。

巴扎附近的烤羊肉串摊子没有人在放音乐。四五十岁的维吾尔族中年男子站在摊子面前汗流浃背，却依然戴着黑底白花的巴旦木花帽，穿着长袖衣。他们不像内地城市街头巷尾的烤肉架子旁随着音乐扭动的新疆青年，眼神忧郁又寂寞。上个月我从成都文殊院的门口出来，正对面的龙抄手店门前，两个身材高大、眉眼黝黑、须发浓密的新疆青年举着羊肉串招揽顾客，他们戴着伊犁四瓣小帽，T恤上的羊角纹图案上沾满孜然和油垢，极富西域风情的音乐在空气中扭成一截一截，人们从他们眼前熟视无睹地走过去，他们依然微笑着，卖力做着夸张的肢体动作。

我当时想，他们一定非常非常思念故乡。

如果只是想浮光掠影看一看，就去乌鲁木齐市中心逛一逛，大巴扎里看一看。就像走在任何内地景区的小摊前面一样，千篇一律的旅游纪念品，粗糙的英吉沙小刀，真假难辨的和田玉，按品质不同而价格不一的若羌红枣、库尔勒香梨、吐鲁番葡萄干，镶满了珠子和亮片的维吾尔族小帽。这些小帽永远只有游客试戴，正如羊毛披肩也只有游客过来凑热闹。真正的少数民族帽子的颜色和大小都有特别的讲究。几个汉族游客在卖水果的摊子前面喝酒，鲜榨的石榴酒用玻璃杯装着，一杯十块钱，醉不倒人。不远处，卖羊毛毡和羊皮坎肩的维吾尔族姑娘们捧着美丽的面庞坐在凳子上，眼睛凝视前方。

走出巴扎，走进笼罩在烤羊肉串层层烟雾的小巷子里，路过一群群聚集在巷子口抽烟的维吾尔族老人，穿过拉着毛驴车卖哈密瓜、杏子的中年男子，停在一群玩羊脚骨的小孩面前，看他们神情自若地用手转动羊脚骨，再用脚把它高高踢起来，嬉笑着四散躲开。一个戴着海蓝色头巾的维吾尔族妇女在土墙边炒饭，旁边的木砧板上面铺着片好的羊肉丁。循着香气不自觉地走过去，锅里红、黄色的萝卜丝和金黄色的米粒抱在一起跳跃翻滚，口水一阵阵地涌上来。炒饭的妇人望着我们笑，笑到我们不好意思，落荒而逃。

逃进一家不到 20 平米，摆了十几张长条桌的房间里，整个餐馆只有我和朋友两个汉人。我们和一位戴着银色纱巾的维吾尔族老人，一位黑瘦的维吾尔族妇女和一个少年围坐在一张桌子旁。脸颊深凹，眼睛像黑葡萄一样的维吾尔族姑娘走了过来，用不熟练的汉语问我们吃什么，可以点的有炒饭、拉条子、烤羊肉串。

这个月适逢斋月，真主的使者穆罕默德也说："拉马丹月是安拉的月份，它贵过一年中的任何一个月。"穆斯林在这个月的日出至日落期间不吃不喝，不抽烟不饮酒、不行房事，直到太阳西沉。他们中最虔诚的一些，视咽下自己的吐沫也是破戒。而妇女、儿童和老人等身体幼弱者可以不守戒。

身处依然正常营业的穆斯林餐馆，我意识到某些古老事物正在悄悄改变，人需要生存，需要活在这个世上，对于宗教的信仰，有人默默坚持，有人则尽力保存坚持信仰所需的体力，而最重要的不在于肉体上的律令，而在于陶冶性格，克制私欲，体会穷人饥饿之苦，萌发恻隐之心。就像半小时之前，我从二道桥大巴扎的门口经过，看见一位维吾尔族治安管理员喊出一位衣着破烂的维吾尔族拾荒老人，悄悄塞给他五块钱，并向他行礼祝福。他也并不富裕，保温杯里尽是些茶叶渣子。在乌鲁木齐，一个不加核桃、杏仁的普通的馕也要三块钱。

现在，那位年纪估计只有八九岁的维吾尔族少年坐在我对面吃拌面。他戴着一顶紫色麻布制的八角小帽，穿着件脏了的蓝色棉衬衫，一丝不苟吸溜完一长溜面，然后把筷子上、嘴边上红红的西红柿酱汁舔干净，再吃一筷子羊肉芹菜，一大盘拌面他只用了十几口，剩下半盘子菜汁。他看看我们，又看看他妈妈盘子里剩下的一大半面。她拿小碗又给他装了一碗，他两口扒完，用手摸摸肚子，再抹抹嘴，坐在我们中间，手足无措。

我们的四串羊肉串端了上来，瘦多肥少，拿在手里像是刚从宰羊铺子里走出来。孩子抬眼看我们的羊肉串，赶紧低下头。他妈妈笑了一下，招手跟门口的维吾尔族招待姑娘说了点什么，那个姑娘马上又端了一盘光面走了过来，倒进他的半盘子菜汁里。他整个人立即展开了，不慌不忙地把面和菜汁拌好，拉开了架势，慢悠悠吃了起来。渐渐地，羊肉、大白菜、胡萝卜、芹菜、肉酱和一大碗面一点不剩地消失在他胃的大江大海里。他一个人吃的比我们三个人吃的都要多。

我看着他，觉得他是二十年后的阿不拉江、库尔班或者买买提。年轻的时候食欲旺盛，精力充沛，胃如同深海一般宽广，眼神骄傲头脑灵活，不管什么都可以接受、吸收、包容，到了中年，沉默、安静，虔信真主，除了一天五次向西朝拜，再也没有什么事情能够吸引他。他会变老，老到在街边下棋，在巷子里的凉床上打盹也会觉得累，夜幕降临时只想回家。

我们结识的一位阿不拉江就住在二道桥的巷子里。他出生在我国边境地区——塔城。小时候，他和自家十几亩麦地挨着的哈萨克邻居骑一天马，就能去看望住在哈萨克斯坦的亲戚，父亲一到七月就扛着坎土曼下到田间地头收割小麦，收成有时候好，有时候不好。他们似乎都能勉强吃饱，但一直都很穷。

长到 12 岁，他哥哥去了乌鲁木齐帮人宰羊，一年能赚几百块。从塔城到乌鲁木齐六百公里，他被这六百公里的路程诱惑着，觉得去了乌鲁木齐就是看了世界，哪怕给人宰羊呢，真主会原谅他。他坐了两天两夜车到了乌鲁木齐，被哥哥介绍去给人做馕，做了三年跑回塔城，发誓再也不去乌鲁木齐。他父亲让他去塔城做裁缝的一户亲戚家当学徒，他学了两年，做裤子依然不会锁边，做出来的衣服永远短一截，像是准备去海子里逮鱼。有一天，一个阿勒泰牧民偶然住在他家里，跟他说起牧民们永远吃不掉的奶疙瘩、干奶酪只能白白坏掉倒在地里，心思活泛的他又跑去阿勒泰，翻山越岭收购牧民们用不掉的奶制品，再卖给乌鲁木齐的商铺。

一开始生意很好做，一斤奶疙瘩的价格到了乌鲁木齐能翻上四五倍。过了两年，乌鲁木齐人纷纷开始做起这样的生意，唯一的区别是，他们用货车、汽车大规模收购，单打独斗的阿不拉江很快被淹没在去往阿勒泰浩浩荡荡的车队之中。他的本钱不足以支持他买一辆车，两年时间里，他坐过驴车，骑过马，坐过马拉的爬犁，再辗转到可可托海镇搭车，而这些长途车永远没有准点过，要拉够了人才走，有时候等一天，有时候等两三天，才能坐在一群臭气熏天的牲畜中抵达目的地。他不知道自己是怎么扛着重达百斤的奶疙瘩走回二道桥的。他唯一的念想就是：20 岁了，该讨媳妇了。

现在的阿不拉江 65 岁。有一个儿子，三个女儿，一个洋冈子（老婆），一间平房，一个馕坑，以及老城区一处小小的烤馕铺子。三个女儿陆续嫁了人，儿子没有找工作，每天待在家里，让老父亲养活。阿不拉江和老婆每天四点起来揉面，在馕坑里点柴放火，等着坑热，再在面上印花，撒上芝麻和洋葱，两人抬着装馕的筐子，把馕一个一个用盐水黏到馕坑的墙面上，过十分钟，把坑盖盖上，等馕熟。

这一天里，他把馕卖给赶马车的维吾尔族师傅、卖水果的汉族老太太、急着去上班的年轻人，以及从四面八方赶过来的游客。他们围着看他做馕，举着手机和他的馕拍照，然后心满意足地离开，阿不拉江并不介意。事实上到了这个年纪，已经很难对任何事情投入精力，除了吃饱肚子和真主，似乎一切事情都浮于表面，虚无缥缈。他的日子不好不坏，既不可能富裕，却也已经穷不到哪里去。他唯一担心的是自己的儿子，不过他知道自己不用担心，等到他进了麻扎（坟墓），他的儿子自然会抬起两条腿，自己给自己找活路。

他美丽的大女儿塔吉古丽继承了他的生意头脑。在与我们见面的头十分钟，她就成功卖掉了四条丝巾、两条羊毛毯子，可我们仍然不忍心与她讨价还价，因为她即使已经结了婚，生了两个孩子，美得惊心动魄的脸庞依然让所有人不愿掉过头去。尤其是那双眼睛，看了这双眼睛的黝黑，你不会再觉得其他事物还能称之为"黑"，犹如两口深潭，往里探一探就会不自觉掉进去，她的举止和姿态都如此端庄大方，即使她手捧丝巾的时候，也不像是在兜售货物，而像是一个西域古国的公主，向你娓娓道出手中这块丝绸与众不同的来历。我们都被她迷住了。我们一回头，几十个古丽（花朵），几百个古丽（花朵）正在争奇斗艳，见一面也绝不会忘记。

可很多人不知道的是，她刚刚在二道桥大巴扎里租到的摊子，一个月要付三万元的租金，这让她喘不过气。她必须一刻不停地卖掉手里的货物，才能保证家庭收支勉强平衡。这两年，内地来的旅客越来越少，生意越来越差，我们去的那个下午，大巴扎里空空荡荡，刺眼的阳光下只有尘屑游荡在空气里。卖英吉沙小刀、丝巾、干果的人脸上看不出表情，他们只是用沉默的双眼打量你。我试图了解他们，但我只是一个短暂停留的旅客，无论我如何努力，表现出来的也只不过是无知而已。

写到这里，神使鬼差地查了一下从北京到乌鲁木齐的往返机票，最便宜的机票是 3100 块，凌晨出发，早晨抵达。我想起塔吉古丽，想起阿不拉江，觉得遥远的不是脑海中的六百公里，不是几乎等于一个新疆农民小半年收入的三千多块钱，而是人与人的心灵，以及古老事物于我们而言的距离。

我们被罩在一层壳的外面，以想象一颗石头的硬度来想象新疆，直到进入它柔软的内核，才发现一切都不是原本以为的那个样子。我们之间的差异是如此巨大，而我们之间的联系，无论是尘世间的，还是灵魂的，都清晰而彻底。

情人印度

　　女人是河流，神牛浮在上面，甩动着鼠曲草似的耳朵。它们从容不迫，眼睛穿越河流抵达对岸，湿漉漉的蹄子踏在泥土上，甩脱一层层金粉。岸边，数不清的尸体在雾气沼沼的阳光下焚烧，灰白色粉末如子弹一般沉入恒河河底。男人们脱掉身上被太阳染成枯黄的白袍，露出光滑凸出的肚子，以及鲜粉色、橘红色、靛蓝色、明黄色的内裤，走下台阶，把头埋进恒河水里。烟草味的汗气弥漫在河面上，这里是瓦拉纳西。雨季。

　　我没有在其他地方感受过如此绚烂的色彩。热带植物一般的色彩融化在肮脏、潮湿、闷热的空气里，落在巨大布伞上，让它们淡粉覆盖奶白，朱红翻转棕灰，黄绿相接，女人，男人，牛，神结合得严丝合缝，难舍难分。这里是色彩的天堂，色彩的贫民窟，色彩的交易所，色彩的混浴澡堂。

　　刚刚抵达印度的恐惧和慌乱逐渐被一股巨大的亢奋和晕眩感

代替。去年四月底，刚刚抵达阿格拉城的第二天，我住的青年旅店就死了两个英国人，一个 18 岁，一个 22 岁。用白布盖着的担架被抬出去的时候，旅馆狭窄的厅里飘着一股混杂着酸味的湿气，像咖喱的味道。一只被针尖戳成了筛子的青灰色的手从担架里伸出来。坐在靠窗卡座的韩国人对这种事儿既兴奋又习以为常，没等我走过去就过来告诉我，6 个小时前，这两个来自英国约克郡的年轻人喝得大醉，在泰姬陵某处神像前脱得一丝不挂，无人制止。报纸上的报道形容，"把不洁的气体和味道丢撒在神安息的地方，犯了渎神的罪孽"，结果第二天暴毙在旅店。

事实情况是，这两个跑到印度云游的英国大学生在泰姬陵里喝酒吸毒，昨天凌晨，他们拎着酒、掺杂了大麻的酸奶醉醺醺回到旅馆。第二天上午十点左右，同伴们去敲他们的门，发现两人倒在床上，没了呼吸。他们本打算第二天下午从阿格拉城去瓦拉纳西。

时隔半年，看到描写印度的《罗摩桥》里写："白人的胆子大，他们从来不认为自己会死在第三世界国家。为什么？因为朦胧的优越感。"也正是因为这种肆无忌惮的优越感，在印度的一周里，我看到一些英国年轻人做出了非常疯狂的事。"他们的尸体不配焚烧在恒河里。"当时，旅馆老板站在柜台后面，冷冰冰地用英语说。

印度人的轻蔑丝毫不妨碍他们对其他白人的谄媚。在印度的一切就是这么矛盾。德里高级酒店的旋转门外，深色皮肤的门童毕恭毕敬地向英国人、美国人、法国人敬礼；阿格拉镇上廉价的青年旅舍里，卫生状况稍微好一些的两人间只为白色面孔预备，一切似乎都合情合理。他们准备好了谄媚，而他们则预备了丰富的怜悯。高贵与低贱、巨贾与赤贫、轻蔑与卑微，这一切在印度都毫无障碍地结合在了一起。

泰姬陵南门外，一群乞丐在白色宫殿巨大的阴影中等待，一头懒牛趴在白墙下的角落里，望着向我们爬过来的"他们"，眼神剔透，尾巴扇着蚊蝇。他们是——断了一条腿的老人，打着赤脚的小孩，疲惫而苍老的妇女。扑面而来的贫穷让印度恢复了它的本来面目，这里是贫民窟的世界，高贵的神祇和不可接近的"贱民"距离只有一墙之隔。

"帮帮我们。"他们对我说。

一对比利时夫妇被眼前的矛盾震慑住，脸上呈现出极其复杂的神情——怜悯、鄙夷、谦卑、恐惧，他们视贫穷为一种奇观，而这些在印度只不过是再普通不过的日常。我们掏光了身上所有的零钱，眼看着越来越多衣不蔽体的乞丐围过来，慌不择路地逃走。

晚上五点，在泰姬陵附近一条曲曲折折的小巷子里，裸露着半个胸膛的老人围着圈跪在水泥地上做晚祷，穆斯林的祷告声漂浮在潮湿的空气里，微弱又执着。这座城市有着它不可接触的另一面，这一面让人们不在乎贫穷，他们生活的重心在神那里：神给的就获得，神剥夺的就失去。

印度，这块南亚次大陆上存在着两千多个神祇。在印度，每一天都在过节。不是过印度教教徒的节日，就是穆斯林的节日。印度大吉岭的一个山头就有几十座庙，每一座庙里供奉着不同的神。佛教、本教以及东南亚地区各种密教的发源地都在印度，印度不是一个现在进行时的国家，而是一个一直徘徊在过去的国度。它的空气里弥漫着的是一万间教堂、清真寺、神庙发出的气味；是宰杀、供奉、祭祀几千只动物的气味；是香料、烟尘、尸体焚烧的粉末混杂的气味。在印度，人们不杀牛，牛在印度教里是神的代表。走在德里和瓦拉纳西的街上，我看到牛四处闲逛，无人制止，摩托车和 TuTu 车玩特技一般左右腾挪，灵活地穿过小摊贩和拥挤的人群。在这种无序混乱的表面下，有着印度人对于宗教信仰的坚持和虔诚。

在印度，任何一个外国人对低种姓的施舍，都会被当作是神借助人之手给予的恩物，他们会感谢神，不会感谢你。在一个多神崇拜、所有宗教信仰都被包容、坚持的国度，它的混乱和无法理解几乎是必然的。就像伏尔泰所说："印度，整个地球都需要它，而它却独自一个，不需要任何人。"

在印度人眼里，世界就是一场幻觉。而在我眼中，印度像是一个情人，它不能用简单的好与坏来形容，如果一个人持续带给你惊喜和惊吓，持续激发你的创造欲，你就会产生一种复杂的情感，超越朋友，超越爱人。印度就是这样一个让你摸不透的情人。这块土地上经历了太多剧烈的宗教信仰运动和领土变迁，才变成现在的样子。

一个世纪前，英国将英属印度分为以印度教为主的印度和伊斯兰教为主的巴基斯坦两个自治领。二战时期，英国无暇对印度进行殖民统治，统一计划筹划良久，最终失败。1947 年的 8 月，当时的印度总理尼赫鲁站在新德里的红堡，发表了一篇影响了几千万人生死的演说。

在很久以前，我们曾经和命运有过约定，现在履行誓言的时刻即将到来。当午夜钟声响起，全世界沉睡时，印度将醒来，我们将迎来新的生命和新的自由。

这一天，印度被一分为二，印度和巴基斯坦同时宣布独立，这块大陆瞬间被充满暴力和恐惧的移民大潮席卷——约 500 万印度教和锡克教徒移往印度，与此同时，约 550 万穆斯林往反方向移动，领土分割导致约 1250 万人流离失所。这就是著名的"印巴分治"。

印象里曾经看过一部有关印巴分治的电影。片子里，两队身着白色传统印度服装的迁徙人群在茫茫的荒野里移动着，孩子在哭泣，老人在呻吟，年轻人的眼中充满悲愤，几乎要喷出火焰。这两队人默默往反方向移动，突然，一支队伍中的年轻人喊了些什么，另一支队伍的人纷纷回应，瞬间，两队人马纠缠在一起，一场血腥的厮杀开始。

印巴分治导致境内的宗教大屠杀次数难以计算，直到去年，孟买、瓦拉赫关口仍然有因宗教纷争而起的自杀式爆炸发生。

正是因为深谙宗教在印度人心中的地位，以及它对于这个国家现代化的侵蚀，所以明白为什么在印度神庙多过厕所，而穷人只能永远是穷人。当每一班火车都晚点，出租车司机永远绕路，频繁遇见赤身裸体躺在大街上的老人时，我绷紧濒临崩溃的内心告诉自己，这一切都源于印度人对于时间、生死、现世的不在乎。德国哲学家叔本华认为，印度人是比欧洲人更有深度的哲学家。对于印度人来说，客观世界只是一种表象，人也和自生自灭的火、自流自动的水一样是无常和发散的，叔本华曾感叹道："印度教认为人生虚幻不实，就是一场大梦。在《吠陀》和《普兰纳》经文里，除了用梦来比喻印度人对真实世界的全部认识之外，我不知道还有什么更好的比喻了。"印度教教徒的"人生如梦"之感反映在现实中，就是对糟糕的生活环境、混乱的生活状态抱着一种几近无所谓的漠然态度，坦然面对生死。记得去瓦拉纳西的那一天下午，恒河西侧在不断焚烧尸体，而东侧则同时有上千人沐浴饮水。

我震惊于印度带给我的一切，依然不确定我是否喜欢它，不确定它加诸在我身上的纷繁复杂的印象是否有益。我们的心灵并没有强大到足以直面太多贫穷和死亡，即使在印度人眼里，所有生死不过是一次又一次的轮回和生生不息。我希望了解印度，但更希望可以小心翼翼保守心灵，不让它变得麻木，哪怕失去一个充满惊奇的印度，一个不可思议的情人。

死，与那些尚未说出口的事物

　　得知宫铃姐去世的那一天，我在绍兴市下面的安昌古镇。那天是入伏的第二天正午，桥、水、房子一片死寂，连河边的狗都纹丝不动。一阵微风拂过长满金线莲和狐尾藻的河面，雨点如鳞片般洒落，所有人都昏睡过去的正午，整个镇子像被抛弃了。醒来之后的人们不会知道下过一场小雨，不会知道有一只白腹的喜鹊钻进酱园门口的窄口陶罐里，人们过自己的生活，不知道其中有一个人走累了，走丢了。

　　三年前我第一次见宫铃姐，是一次国外出差。我们十几个人在首都机场三号航站楼集合，办登机手续。她最后一个到，戴着墨镜，冷冰冰地站在队列外围，一副拒人于千里之外的表情。之后就是连续十天的相处。我们飞到悉尼，沿着南半球秋天依然浓绿的草原开车经过蓝山，堪培拉和墨尔本。谁也没想到，仅仅一天之后，她就和所有人打成一片，笑嘻嘻地给人起外号，开玩笑。

258

在堪培拉那天，所有人都去战争纪念馆参观了，只剩我们两个人坐在咖啡厅里，她就跟我聊起来，说到一个共同的朋友，她说他太单纯，像小孩一样，这样是不行的，语气里带着迫切而真诚的焦虑。我心里晃过一丝恐慌。她是那种为人操心的命，心思重，这种性格的人会活得很累。

我不确定那时候她是否已经开始感到心理上的疲倦，而社会上发生的事、周遭朋友发生的事又在多大程度上影响了她的情绪。大家在一起的那些日子是开心的，在人群之中她有自己的适应能力，这点无须怀疑。正是因为体内有强大的内驱力，她才会从2004年起就往返台湾和大陆，对彼此间的未来抱持天真的热忱。她所做的事和她豪爽外放的性格十分熨帖，而私下里，她对人与人接触的尺度极其敏感，有所保留。国外十几天的日子里，她坚持一个人住，额外付单人房费差价。回国之后，私下里几乎找不到她，我给她打过几次电话，没有一次打通过。我想，她在人群中过着离群索居的生活，习惯于热闹之后一个人的孤独和自省。

她被人误解深重。这种误解来得如此轻易、正当、合理，以至于我与她如果没有那一两次交流，如果我们仅仅只是同事，我也会对她有片面的印象。她从没给人太多接触她的机会。抑郁症，是自己和自己的相处出了问题，这个世界如何待你，反而没有那么重要。她生活在这世上一共四十年，死这件事，应该是她做过的最"豪爽"的一件事。她深知自己被爱过。爱给她勇气。

叙利亚诗人阿多尼斯说："万物都会走向死亡，只有人除外，是死亡向他走来。"少数勇敢的人主动迎向死，大多数人的死却措手不及，毫无准备。因为父母是医生，我从小住在医院的家属院，左邻右舍的叔叔阿姨都是医生和护士，这让我有种天真的想法，我们这个院子里的人不会死，我们会永生永世地活着，我们的生命有独一无二的保障。这种幻觉给我带来极大的安全感，直到那个毫无预兆的秋天，经常带我去河边玩的晓蕾姐姐心脏病突发，死在去朋友家吃饭的路上。

那天她下午帮朋友搬家，扛家具，搬沙发，忙活了两三个小时，回家换了套衣服，就蹦跳着上了四路公交车，出去吃饭。车子开了不到一分钟，她胸口剧痛，喘不过气，身体瞬间瘫软下来，像一条蛇一样滑在地上，被送往医院的路上就没了脉搏。尽管医院近在咫尺。

当天下午，8 岁的我像猴儿一样攀在门口的铁门上玩"芝麻开门"，一群大人突然慌张地跑进来，没过多久，远处的楼上就传来哭声，那哭因为恐惧引发的身体颤抖，竟像是上气不接下气的笑。有人在尖叫，晓蕾不行了！我从栏杆上爬下来跌跌撞撞跑回家，关上门就开始哭。当时与其说是因为得知晓蕾姐姐的死感到伤心，不如说是受到惊吓。我意识到，死亡没有放过我们任何一个人，在死面前，没有人有赦免权。

上初中那年，对面楼的源源姐姐去世了，原因同样离奇。源源在隔壁的城市上大学，几天前上体育课测 800 米，她跑步时摔了一跤，之后就一直觉得不舒服，结果半夜里开始发高烧，身上起了大片大片的皮疹。为了不让父母担心，她忍到早上，去校外一间小诊所输液，输的是阿奇霉素。结果半瓶还没有输完，人已经陷入昏迷。父母赶到之后已经太晚了。她得的是急性败血症。

为什么？为什么在我眼前、身边死去的都是些美丽的女孩？无独有偶，她们都在剧烈运动之后，身体在没有明显外力攻击的情况下，状若自身免疫系统的恐怖反戈，让死神瞥见了可乘之机。女人的身体为什么会如此不堪一击？还是说，致命的病毒早已埋伏在她们体内多年，暗暗蛰伏、盘算、生长着，直到那对岸的眼神一眨，蠢蠢欲动的黑水瞬间涌进体内的裂缝，无情地夺走一切？死神的险恶，在于它总挑最弱的下手，不遵守任何人世的道德法则，她们还没有尝到被人爱、爱别人的滋味，就匆匆离开。我向来觉得一个人的生命不存在值不值得，有没有意义这回事，我无法原谅的是死没有给她们足够的时间在人世留下痕迹，让人们记住她们。残酷的不是死，是遗忘。

为了不遗忘，活着的人苦苦挣扎。也许只有人的回忆，能让一个人的死变得不那么轻飘。我想起木心的死，想起陈丹青给他造得独一无二的美术馆，这是本世纪在世的人对死去的人最为宏大、庄重的纪念，宏大到陈丹青自己都生出一种担心，担心大家是不是真的懂木心。记得两年前，我买了木心厚得像砖头似的两本《文学回忆录》，工作之余细细地看，看到说《圣经》的那一章，一句话搂头劈下来："整个基督教的真谛就在这一句，你要爱你的邻人如爱你自己。《圣经》全书只有一个主旨：人寻求上帝。历史、诗歌、预言、福音，都蕴藏着对上帝的爱。"木心的文字善于让一颗钝感的心滴出血来，真奇怪，他的文字对着人的直觉说话，而不是对着知觉说话。作为一个不那么合格的基督徒，我很难表述清楚看到这句话时的感动，但它像被钉子钉在脑子里一样清晰。时不时地，我会想起它，莫名受感动。木心的伟大之处正在于让人生出灵性，懂得自己，而不是懂得他。

一个人对另一个人的怀念声势浩大，说明他一定被赐予了人生中最珍贵的礼物，这礼物无可替代，贵重到对方觉得不能一人独享，必须让所有人共同分享。陈丹青分享的是木心的生，木心的灵感及创造力。他要保留证据，证明这个人曾经来过，这种纪念冲淡了死的可怖。周作人写他女儿若子的死，却真的在写死，死的过程，死对活着的人的摧折。

周作人写文章向来疏淡，语言节制，很少表露情感，但在写到若子小时候得流行性脑脊髓膜炎，本来已在垂死状态，后来转危为安时，语气里止不住的欢欣，在他来说可以算是失态了。可是若子命途多舛，六七年后，15岁的她患腹膜炎，手术后不治身亡。人在最悲痛的时候，是根本写不下去东西的。若子死后的第七天，周作人写下讣告式的文章，取名《若子的死》，那是我看过周作人最惨烈的文字，它让我无端想到晓蕾姐姐的妈妈，源源姐姐的爸爸，他们在两人死后迅速地衰老下去，那衰老里有灰暗的膨胀感，像是一个人身上叠加了几条人的命，已经活了好几百岁。他们老，是因为身上背负着他人的死。

我房间里的透明窗帘上，总是有很多小如芝麻的虫子在褶皱里慢慢地爬，盯着仔细看，它们有天牛的外形，黑色的壳，四条腿插在窗帘细密得看不见缝隙的孔洞里，两只触角茫然在空中探索。总是在几天之后，才发现床边的地上散落一堆虫子的尸体，心血来潮地数了一下，103只。庞大却微小的死亡，简直无足挂齿，不知道它们什么时候存在，又什么时候默默死掉。我暗暗担心是不是房间暗处藏着一只不停排卵的巨大天牛，一直没有被发现，后来我终于明白这些虫子根本长不大，它们生下来就是为了死，死对于它们来说没有意义，因为死没有真正伤害到它们。

我把它们用扫帚拢在一起，倒进垃圾桶里，眼睁睁看着它们消失在灰尘和污垢之中，突然明白为什么我们斗不过死。我们赋予了死亡太多意义，我们对自己没有深切的自信，我们怕自己对死者的爱不够深，怕自己忘了他们。死不是活生生的。死是人自身感情的即将死亡。

为了我们内心的宁静，虫子的死亡似乎比较肤浅。鲁迅临死时说，忘了我，管自己的生活。他把自己看作虫子。宇宙浩渺，星球如水滴，人类从上帝的角度看，是否渺小到难以找寻？我想，此时此刻，也许上帝正从遥远的地方向下俯瞰，只有那些死去的人，知道他尚未说出口的事物。

吾之甘露：E.B. 怀特的动物人生

　　清晨五点一刻被鸟叫声唤醒，是我来北京之前从没有想象过的情形。大约两年前，我还住在四环边上一栋旧居民楼的五层，每天早上下楼，院子里一棵香樟树影影绰绰的叶子里总有翅膀扑棱的气流。如今住在二十多层的顶楼，如果不是每天早上它们准时开始叫，会觉得自己是在日复一日做同一个有关鸟的梦。

　　总是先听到城铁从远处轰隆隆驶过，视线被淡淡一缕光打开，天透着蛋青色，是从冬末过渡到初春才会有的颜色。这些小东西先是不露面，亲亲热热地相互应和几声，然后翻着漂亮的弧线，匕首一样冲下来，像黑瓦片打在河水里，没看清楚就消失了。我迷迷糊糊又睡过去，到了六点多从床上坐起来，雷打不动的，我会看到一只白腹黑尾巴的喜鹊站在空调座机外的铁栏杆上，叫一声，尾巴就翘一下。

　　喜鹊偏爱在民宅附近的树上做窝。安徽老家大院里的槐树上经常有喜鹊窝，有时候一棵树上能有三四个。麻雀就不同了，它们又小又懒，经常钻进空调外机的排气管里，一过就是一个春天。麻雀叫起来娇气、细密，像是猫爪子在心头慢慢地挠，让你痒痒的，觉得莫名雀跃。小时候，每天清晨醒来，总听见窗外的空调管道里扑腾扑腾地响，然后"砰"一声！像是酒瓶塞子被震开，像是树叶的筋脉在风中爆裂，像是小孩嬉闹着一哄而上——一大群麻雀就在树上闹起来了。

美国散文家 E.B. 怀特曾在他的书信集中很多次提到鸟，当然不仅仅是鸟。谷仓里温顺的马，冬天跌倒在冰面上的鹅，地窖里的脸庞又大又白、牛角长长的赫里福德母牛，住在猪食槽下面的老鼠，他细致地描写它们，真心热爱它们，他和这些动物相伴度过了一生。

1956 年，怀特 57 岁，他在家附近的墓地对面发现一只红腹灰雀，他观察它，逗它，连续几封信提到这只鸟；第二年，他写了一篇有关城市鸽子的文章，刊登在 1957 年 5 月 4 日的《纽约客》上，文章里开玩笑似的说，他永远能够忍受那一撮鸟粪，因为他喜爱来自上空的所有馈赠。他了解鸽子，甚至给一个研究鸟类的博士写了一封信，认为鸽子是动物界忠诚的模范，虽然不像天鹅一样严格地实行一夫一妻制，但是"出双入对，崇尚雄鸽子要对其配偶忠诚"。

后来，他说服了妻子，全家从纽约搬到了缅因州的北布鲁克林，并在那里生活了整整五年时间。怀特对于纽约的感受矛盾又复杂，他爱纽约，但同时又无法忍受纽约糟糕的城市环境。"所有设施都不完善——医院、学校和运动场人满为患，高速路乱乱哄哄，年久失修的公路和桥梁动辄寸步难行，空气令人窒息，光线不足，供暖要么过头，要么差得远"，而比这更让他无法忍受的是纽约人行道太过坚硬，上面不会有孵蛋的母鸡。见不着孵蛋母鸡的春天对他来说是不完整的。

他在缅因州农场的五年生活和梭罗在瓦尔登湖的隐居生活完全不同。梭罗的隐居来自于对独身主义的追求，而怀特则怀着对自然、对动物毫无保留的喜爱，这种喜爱一直延续到他的生命终止。四十年之后，在他82岁高龄时，他仍然兴奋于独自一人为农场里的鹅蛋做了四例"剖腹产手术"，成功了三例，还喜出望外地向朋友写信描述自己的壮举，说自己是个"乡下人"。

1982年，在他的杰作、描写农场生活的《吾之甘露》出版四十周年之后，他说："每个人的生命中都曾有某一个阶段是彻底清醒而非半梦半醒的。对于我，那就是在缅因度过的五年时光……我突然像一个孩童似的观察、感受、聆听。那是一段珍贵而不再重回的日子，一段令人沉醉的岁月。我真是很幸运，能把其中的一部分记录在纸上。"

生活在城市里，清晨能够听到鸟叫的确是一种幸运。有一段时间，我每天早上六七点会经过一座与北五环交界的立交桥。由于地段的特殊与尴尬，立交桥远处的几十栋低矮居民楼处在一种遗世独立的状态里，在蓝色天空下呈现出一种水洗的泥灰色，上头有鸽子在盘旋。第一次路过时，我为这里的景象深深震惊，因为它很像我童年时住的小街上的一栋家属楼，水泥阳台裸露在外，上面晾晒着鞋袜和几盆长势并不太好的龟背叶。最重要的是顶楼有鸽子绕着圈子飞，久久不散，恍惚间像是一次穿越。

后来有一次，走的依然是那条五环路，只不过方向相反。三月中旬，春天刚刚露头，路上车很多，出租车耐着性子慢慢地往前挪，突然，司机指着车道外的草坪，说："快看！"我扭头看，几十团毛茸茸的小东西正在枯黄的草上蹦着，滚着，发出细密稚嫩的叫声。那真是一团团混沌，颜色都还没长开，棕色里掺着黄，黄里又带着黑。我说："这是麻雀吧。"司机点头："是麻雀，刚刚破壳的，一丁点儿大，多小，多可爱。"这是北京的麻雀，它们不在树上活动，它们在草丛里生长。

还有一次，我在森林公园的一棵杨树下面发现了一个刺猬洞。当时天色已经暗下来，公园里的路灯亮了，我抄小道往门口走，走到一片草地边，觉得脚旁有个黑乎乎的东西迅速挪开，我愣了一下，觉得那种竭尽全力也并没有逃得很快的速度不像是老鼠。跟着走了几步，发现它浑身的刺竖起来，在路灯的照耀下像是海边渔民捕捞上来的海胆。我看着它尽力又好笑地挪到杨树下，钻进树叶堆里，消失不见了。

我一向不太畏惧毛茸茸、刺刺拉拉的小动物，除了因为从小生活在淮河边上，见惯了野生动物，可能就要感谢怀特了。他笔下的主角都是不被人喜爱的、外形丑陋的小动物——蜘蛛、青蛙、老鼠，但在他眼里，这些小动物和人类一样拥有完整而复杂的感情。在他眼里，动物就是活生生的人。1939 年，写出了《精灵鼠小弟》的怀特在给朋友的信中说："我向你袒露并承认，小斯图尔特在我梦中完整出现过，他戴着帽子，拿着棍子，一副活泼敏捷的样子。因为他是唯一一个给我的睡眠带来荣耀和干扰的小说人物，我被他深深打动了。觉得自己无权随意把他变成蚱蜢或小袋鼠。"

一个在儿童文学史上堪称经典的"老鼠"形象从此诞生了。它叫斯图尔特，从一家孤儿院被李特夫妇领养，在一只猫、一个孩子的家中承担了"次子"的角色。他最要好的朋友是一只鸟，叫玛尔洛，经常受到猫的欺负。为了帮助玛尔洛，斯图尔特鼓足勇气，竭尽所能和猫展开斗争。玛尔洛为了不连累斯图尔特，在一个春天，不辞而别，偷偷飞到了北方。

这可能是自从有童话故事以来，唯一一个破天荒地把一只

"老鼠"描写成人类家庭中次子的故事，这里面藏着怀特"万物有灵"的观念，也多少加深了我对动物莫名的深情。后来等我长大一点再看《精灵鼠小弟》，我惊讶于它的文笔之优美，叙述之风趣，而作家对待孩子的尊重程度有多深，在于他描写大自然的笔触有多深刻，描写动物之间的友谊有多么复杂，而不是把一切东西简化，因为任何一个孩子的想象力都是被低估的。

《精灵鼠小弟》和《夏洛的网》全部来自于怀特的乡村生活经验，然而，乡村生活并不总是平静和欢乐。在被日常琐事、农场杂务所困的同时，怀特的内心也经受着煎熬。1941年珍珠港事件之后，美国被卷入二战，战争时期，怀特一家偏居一隅，远离城市，但从没有真正回避世事。实际上，他对于自己只能动动笔杆子，而不能亲自上战场有着难以言喻的焦虑和内疚。他填了几次征兵的单子；为美国士兵们编写了《美国幽默文库》；到华盛顿去，为政府印发的小册子撰写"言论自由"的部分……怀特尽可能地尽了自己的义务，尽管他某种程度上并不赞成政府的做法，他在当时给妻子写的信中表露出无奈和苦闷，这些信全被收录在他的书信集《最美的决定》里。

读一个作家的书信，对我来说有着非常独特的感受，那种私密性和宛若与作家交谈的亲切感，是在他们的文学作品里读不到的。一个人的书信展示的是这个人最本真的天性、灵魂和喜好，他不可能在一封信里装模作样，除非他一开始就知道自己的这封信会被发表。怀特厚达 456 页的书信集《最美的决定》展示的，就是一个热爱生活的人能够拥有的完美乡村生活。

他不做作，率真，坦诚，毫无保留地表露自己的烦恼和爱，每封信里提到动物时都宛若赤子，充溢着童真和幽默。这种平凡的东西格外打动我，大抵是因为怀特的每一封信都在告诉我：生活中的琐碎细节自有它的优雅之处，这种优雅不在于你的生活品位，甚至不在于你的个人旨趣，只在于你对你当下的生活是否真心热爱。我们作为人类如此普通，如此平庸，能做到最好的，也许就是爱这个世界。作为一个一直在做减法，一直尽力从成人世界的游戏里退出的人，怀特做到了。

《精灵鼠小弟》的结尾，小斯图尔特为了找回他的朋友玛尔洛，独自踏上了漫漫旅途。后来，怀特在解释为什么要写一个没有结尾的结局时，说了一段话：

> 我把斯图尔特留在自己的追寻之中，目的是为了表明，追寻比发现更加重要，旅行比到达目的地更有意义。这意义对孩子们来说太大了，有些难以把握，不过反正我已经把它扔给了孩子们。他们最终会明白。我认为，玛尔洛代表的是我们所有人都在寻找、始终在探寻、可从未真正找到过的

东西。

愿我们一直寻找，不管是否能够找到，因为连斯图尔特也知道，寻找玛尔洛，将是它此生最美的决定。

图书在版编目（CIP）数据

切肤之琴 / 赵雅楠 著. — 北京：东方出版社，2018.1
ISBN 978-7-5060-9544-0

Ⅰ.①切…　Ⅱ.①赵…　Ⅲ.①散文集－中国－当代　Ⅳ.①I267

中国版本图书馆CIP数据核字（2017）第053007号

切肤之琴
（QIE FU ZHI QIN）

作　　　者：赵雅楠
责任编辑：柳　媛
出　　　版：东方出版社
发　　　行：人民东方出版传媒有限公司
地　　　址：北京市东城区东四十条113号
邮　　　编：100007
印　　　刷：北京汇瑞嘉合文化发展有限公司
版　　　次：2018年1月第1版
印　　　次：2018年1月第1次印刷
印　　　数：1—8000册
开　　　本：880毫米×1230毫米　1/32
印　　　张：8.875
字　　　数：160千字
书　　　号：ISBN 978-7-5060-9544-0
定　　　价：42.00元
发行电话：（010）85924663　85924644　85924641